書下ろし長編時代小説

秘剣の名医

六

蘭方検死医 沢村伊織

永井義男

コスミック・時代文庫

この作品はコスミック文庫のために書下ろされました。

◇ 道具箱を肩にかついだ大工
『金瓶梅曽我賜宝』（柳水亭種清著、万延元年）、国会図書館蔵

◇ 唐物屋
『摂津名所図会』（秋里籬嶌著、寛政十年）、国会図書館蔵

◇ 夜の商家と天水桶
『花筏月浮船』（式亭小三馬著、天保八年）、国会図書館蔵

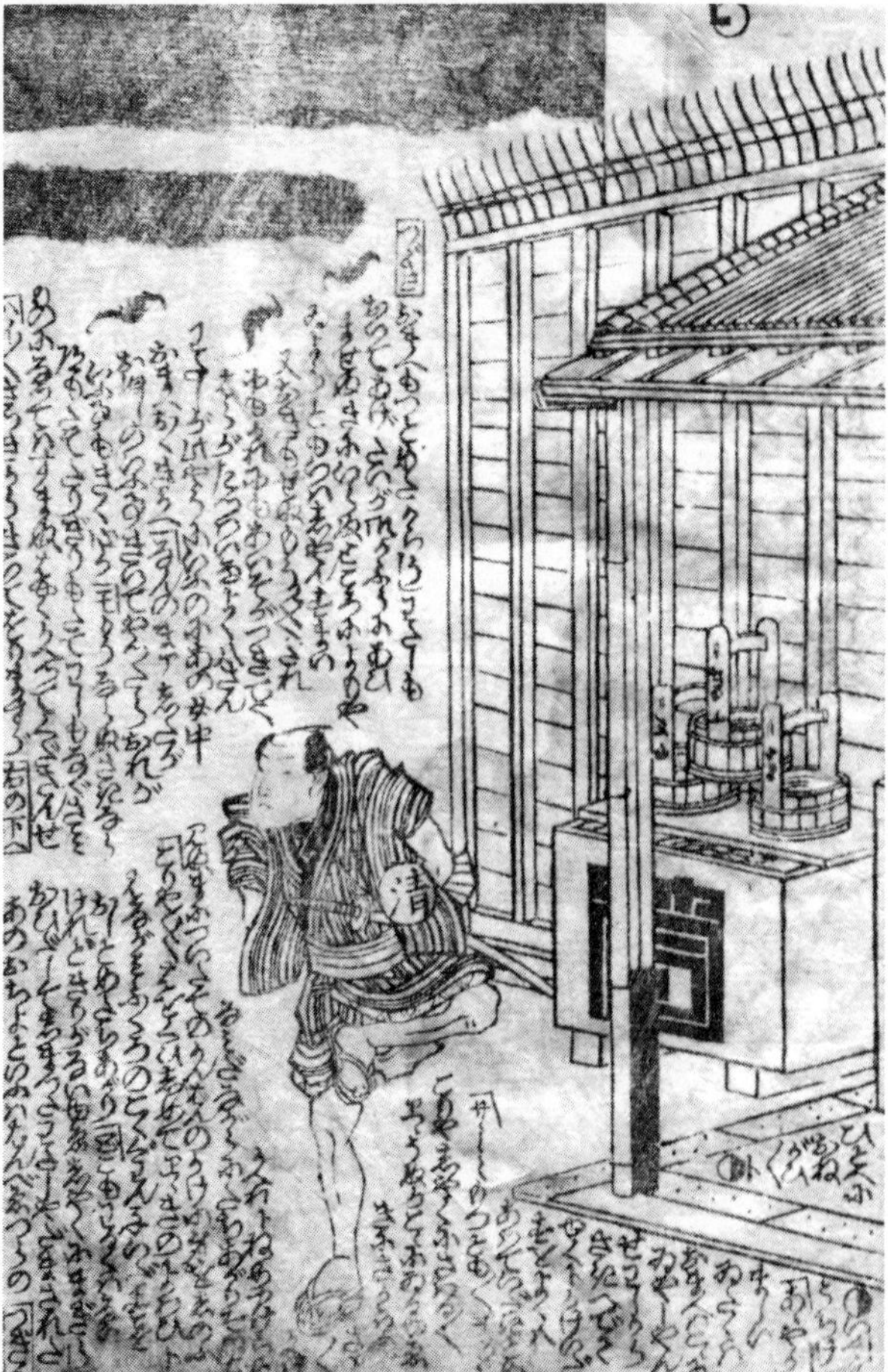

◇ 盲目の按摩（Blind shampooer）
『日本とその人々』（ハーツホーン、1902 年）、
国際日本文化研究センター蔵

◇ 櫓時計
高さ 84㎝、江戸後期製　玉川大学教育博物館蔵

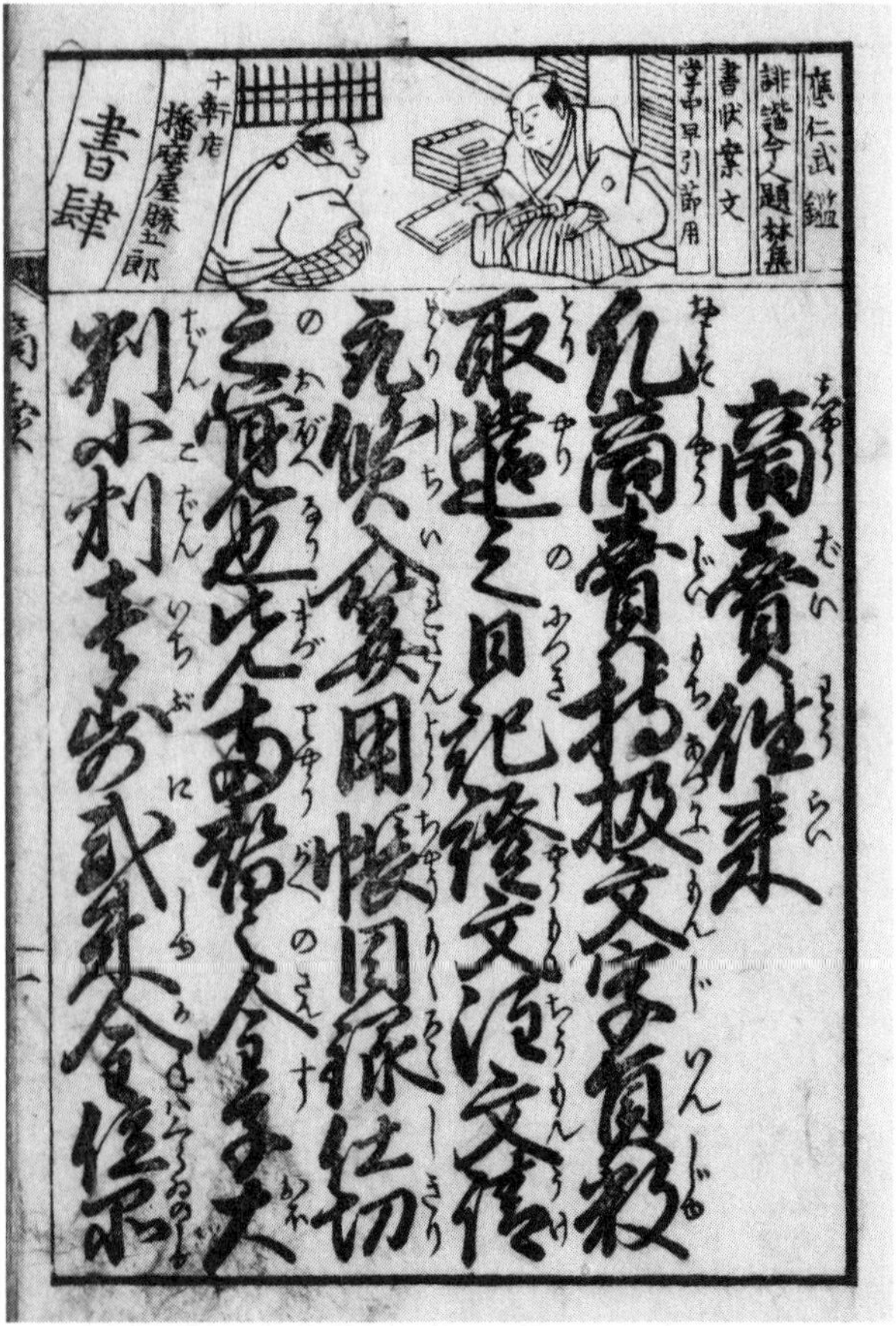

◇ 商売往来
『商売往来』（弘化四年）、早稲田大学図書館蔵

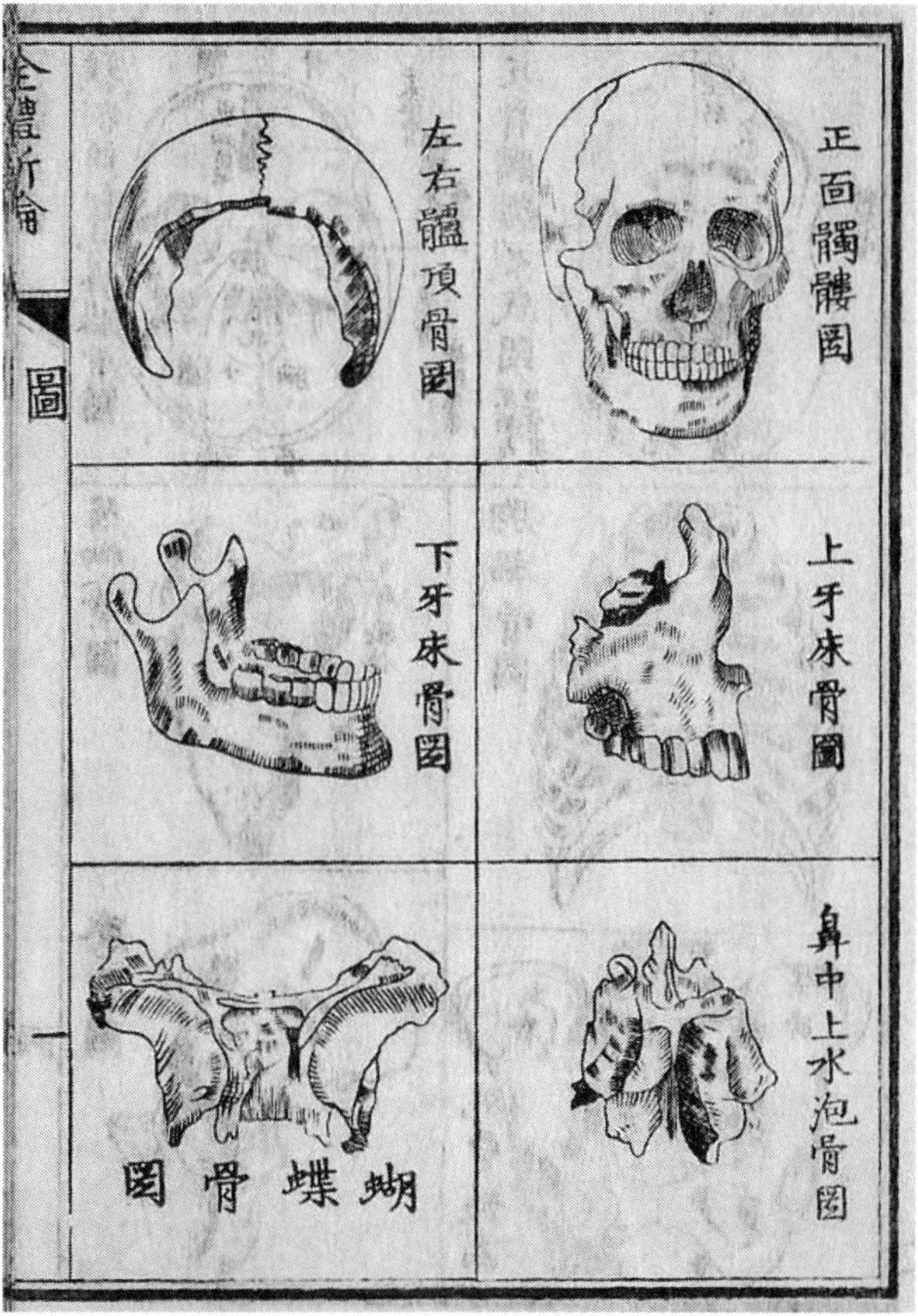

◇ 頭の骨
『全体新論』（合信著、安政四年）、滋賀医科大学図書館蔵

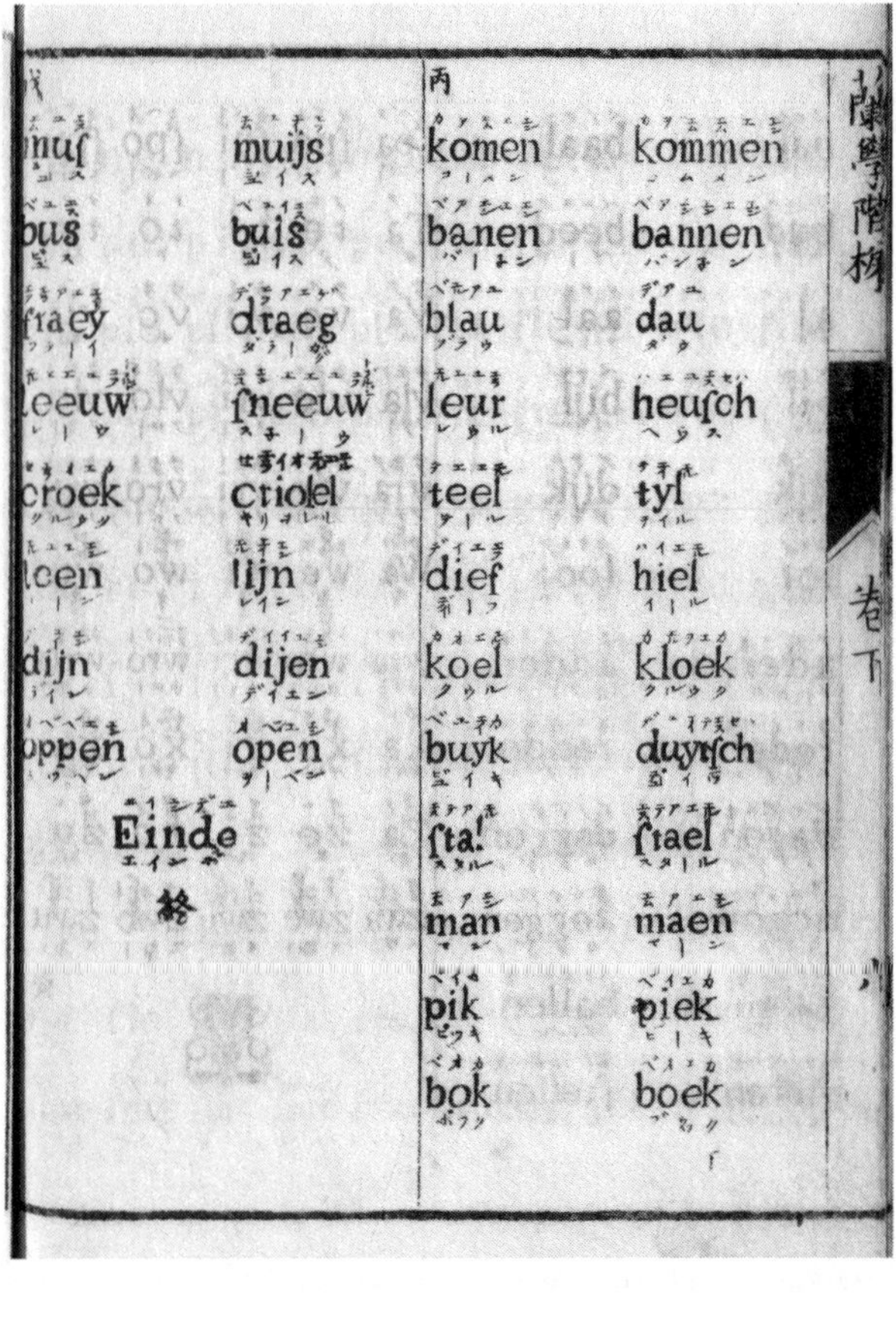

◇ 蘭学階梯

『蘭学階梯』（大槻玄沢著、天明八年）、国会図書館蔵

ha ハ	ma マ	ya ヤ	la ラ	wa ワ
hi ヒ	mi ミ	yi 井	li リ	wi ヰ
hú フ	mú ム	yú ユ	lú ル	wú ウ
he ヘ	me メ	ye エ	le レ	we ヱ
ho ホ	mo モ	yo ヨ	lo ロ	wo ヲ

ba バ	pa パ
bi ビ	pi ピ
bú ブ	pú プ
be ベ	pe ペ
bo ボ	po ポ

且初學ノ筆ヲ下ス時得シ易カラシメンカ為ニ我方五十字音ノ一圖ヲ此ニ贅シ以テ先ツコレカ導ヲナス是乃六韻字ヲ以テ餘ノ二十字ノ内[illegible]等ノ九字ヲ連從シ四十五音ヲ生スル者ナリ然レ圧其音國字ヲ以テノ的當シカタキモノアリコレカ為ニ粗〻加字合字ヲ為シ傍釈ヲ設ク然レ圧全ク筆畫スヘカラサル者アリ初學者コレヲ玩味スヘシ

目次

第一章　渡された袋

一

秋の深まりを感じさせる、冷気を含んだ夜風だった。

空には、月が皓々《こうこう》と輝いているに違いない。

（しかし、まだ満月ではないだろうな。上弦《じょうげん》くらいかな）

苫市《とまいち》はそんなことを考えながら、道を歩いていた。

右手に、竹の杖《つえ》を持っている。あちこちに染《し》みのできた、よれよれの袴《はかま》を身につけ、足元は素足に下駄《げた》履《ば》きだった。右の腰に、洗い晒《ざら》しの手ぬぐいをぶらさげている。

かすかに水の匂《にお》いがするのは、道が三味線《しゃみせん》堀《ぼり》に沿っているからであろう。

不忍池《しのばずのいけ》から流れ出た水はいったん三味線堀に入り、さらに隅田川《すみだがわ》に流れ出ていく。

そのとき、乱れた足音が近づいてきた。

息づかいが荒い。

苫市は剣呑《けんのん》な雰囲気を感じ、身を隠そうとした。右手に持った竹杖《たけづえ》で地面を探り、水に落ちないよう用心しながら、三味線堀の水際《みずぎわ》まで避難しようとする。

だが、間に合わなかった。

「おい、てめえ。

なんだ、按摩《あんま》か。ちっ」

相手の横柄《おうへい》な物言いと露骨な舌打ちに、苫市もむっとした。だが、ここはへたに口ごたえをしてはなるまい。

ともかく無事にやりすごしたかったので、苫市は、

「へい、なにかご用でしょうか」

と、穏やかに問い返した。

「礼はするから、頼まれてくれ」

男は荒い息のもと、そう言うや、しばらくふところを探っている様子である。

苫市の左手を取ると、男が小さな固い塊《かたまり》を押しつけてきた。

「小粒《こつぶ》だ。わかるか」

「へい、わかりますけどね」

苫市は手のひらの感触で、小粒を確かめた。小粒は一分金《いちぶきん》の俗称である。

日頃、苫市が受け取るのは、もっぱら四文銭《しもんせん》か一文銭だった。按摩稼業《かぎょう》にとって、一両の四分の一にあたる一分金は大金である。

「これが謝礼だ。頼まれてくれ」

「な、なにをすればよろしいので？」

そのとき、苫市の嗅覚《きゅうかく》は汗に混じった血の匂いを感じ取った。

男はあきらかに出血している。

相手が追われているらしいのを察し、苫市は胸の鼓動が速くなった。

面倒や危険には巻きこまれたくないため、一分金を突き返そうとした。

しかし、そのときにはすでに、ふところにずしりと重い袋が押しこまれていた。

かなりの大金に違いない。

「しばらく、あずかってくれ。返すときにまた同額の礼はする」

苫市に断る暇《いとま》をあたえない強引さだった。

思わず、苫市は震え声になった。

「し、しかし、あたしは、目が見えませんから」

「かえって、そのほうがいいのだ」

ふと、苫市は頰《ほお》に温かさを感じた。

男が精一杯の凄《すご》みを利《き》かせた声で言った。

「てめえの顔は、覚えたからな」

その言葉で、苫市は相手が提灯《ちょうちん》を自分の顔に近づけ、照らしていたのを知った。

間近で、まじまじと顔を見られたことになる。

苫市は冷水を浴びせられたように、ぞっとした。杖が地面でかすかな音を立てている。右手が、ぶるぶる震えているのだ。

「てめえ、名と住まいは」

「へ、へい。苫市と申します。住まいは、浅草阿部川町《あさくさあべかわちょう》の稲荷《いなり》長屋でございます」

言い終えた途端、苫市は激しく後悔した。

べつに、正直に告げる必要はなかったのだ。

だが、顔を見られたということで、恐怖に身が竦《すく》んでいた。まるで、蛇《へび》に睨《にら》まれた蛙《かえる》と言おうか。

とっさに偽名《ぎめい》や虚偽《きよぎ》の住まいを告げる機転は、浮かばなかったのだ。

「よし、覚えたぜ。近いうちに訪ねていく。このことは誰にも言うなよ。そのほうが、てめえの身のためだ。

あずけた物を受け取るのと引き換えに、また小粒を渡す。いいな。

あっ、あれは」

男が狼狽《ろうばい》の声を発した。

ふっ、と強く息を吹く音がした。あわてて提灯の火を吹き消したようだ。自分の居場所を知られたくないのであろう。

「じゃ、頼んだぞ」

切迫《せっぱく》した声で言うと、男の足音が遠ざかっていく。

別の足音が近づいてきた。ふたりのようだ。

「おい、てめえ」

「なんだ、按摩じゃねえか」

ふたたび苫市は、頬にかすかな熱を感じた。

ふたりが提灯の明かりで、顔を照らしているのだ。またもや、苫市は顔を知られたことになる。

「てめえ、誰かと一緒にいたろう」

「へい、呼び止められたものですから」

「なにを話した？　正直に答えないと、痛い目に遭《あ》うぜ」

相手は居丈高《いたけだか》に脅《おど》してきた。

もうひとりが、

「まあ、まあ」

と、宥《なだ》めながら、苫市に猫撫《ねこな》で声で問いかけてきた。

「按摩さん、商売の邪魔をする気はない。ちょいと、教えてくんな。おめえ、ちょいと前まで、誰かと話をしていたろう」

苫市にとっては二度目である。今度は、冷静に対処できた。

とにかく、巻きこまれないことが、第一である。

「へい、突然、呼び止められましてね。知らない人です」

「相手の男は、顎《あご》のこのあたりに、大きなほくろがなかったか」

「あたしには見えませんので」

「ああ、そうだったな。

じゃあ、男はおめえに、なにを言ったのだ」

「『藤堂《とうどう》さまのお屋敷はどこだ』と聞かれましてね。それで、お教えしました。目の見えない者が、目の見える者に道を教えたわけですな」

苫市は冗談を言う余裕まで取り戻していた。

「藤堂さま」は、伊勢津《いせつ》（三重県津市《みえけんつし》）藩《はん》・藤堂家の上屋敷《かみやしき》のことである。この一帯では、場所を示す目印になっていた。

ふたりの男がささやきあう。

「藤堂さまの方向だぞ」

「神田川《かんだがわ》を越えるつもりではないか」

いったん行きかけてから、ひとりが足を止めた。

「さっきの男、提灯をさげていたはずだが、急に灯が消えた。自分で吹き消したのか」

「さあ、そのあたりはわかりません。あたしには見えませんので」

「ああ、そうだったな。また、野暮なことを訊《き》いた」

男は乾いた声で笑った。

続いて、もうひとりにささやく。

「藤堂さまは、目くらましかもしれねえぜ」

「近くの暗闇《くらやみ》に隠れているのかもしれない」

「うむ、提灯の明かりがなければ、そうそう歩けるものじゃねえからな」

「よし、物陰《ものかげ》を照らしていこう」

ふたりの足音が遠ざかる。

ここにいたって苫市は、今夜は雲がたちこめ、月明かりも星明かりもほとんどないことを知った。

さきほどまで、上弦の月を想像していた自分がおかしい。

また、自分が危《あや》うい状況にあるのも知った。もし、さきほどの男が捕《と》らわれ、金を持っていないのがわかると、どうなるだろうか。

ふたりの追っ手は、

「さっきの按摩が怪しいぜ」

と、考えるのではなかろうか。

なまじ、ふところにあずかった物があるだけに、見つかれば言い逃《のが》れができない。

とにかく、一刻も早く、この場から離れなければならない。

苫市は右手に持った杖で地面を探りながら、懸命に足を急がせた。

二

「もうし、お頼み申します」

そう言うと、格子戸《こうしど》をとんとんと叩《たた》き続ける。

下女のお末《すえ》が、玄関まで出ていった。

「誰だい、こんな夜分に」

「按摩の苫市でございます」

「今夜は、按摩なんか呼んでないよ」

お末が、やや突慳貪《つっけんどん》に言った。

泣きそうな声が返ってきた。

「いえ、そうじゃないんです。お願いします、ちょいと開けてください」

格子戸の内側は、小さな土間になっている。土間をあがると、十畳の部屋があり、ここが診察室兼教場だった。

沢村伊織《さわむらいおり》は十畳の部屋で、行灯《あんどん》のそばに文机《ふづくえ》を置き、本を読んでいた。もちろん、外の声は聞こえている。

お末が振り返り、小声で言った。

「先生、按摩の苫市さんのようですが、どうしますか。追い返しましょうか」

「まあ、そう言うな。

知らない仲ではない。それに、急病かもしれぬ。急病人を医者が追い返すわけにもいかぬからな。開けてやるがいい」

伊織はときどき、苫市に按摩を頼んでいたのだ。

苫市は三十前くらいの歳だが、その腕はなかなかである。上下揉《かみしもも》んで二十四文《もん》は安いものだと、伊織はつねづね感じていた。

「へい、わかりました」

お末が返事をすると、上框《あがりかまち》から土間の下駄に足をおろした。

戸締まりの心張棒《しんばりぼう》を外すと、格子戸を開けてやる。

「夜分、申しわけございません」

ぬっと、苫市が土間に入ってきた。

お末が「ひえっ」と叫《さけ》び、あとずさる。

苫市の顔面は血だらけだったのだ。

あわててあとずさったものの、上框にはばまれ、お末は勢いあまって、背中から畳の上にドーンと倒れてしまった。

一方、土間に足を踏み入れた苫市は、お末の足から外れた下駄につまずき、よろよろとなる。右手に持った杖でささえようとしたが、狭い土間なので、杖をうまく動かせなかった。

よろめいた苫市はそのまま、仰向《あおむ》けになったお末の上に、重なるように倒れこんだ。

「キャーッ」

下になったお末が悲鳴をあげた。

血だらけの顔が、自分の顔面に迫ってきたのである。無理もなかった。

「お末、どうしたんだ」

三畳の部屋から、下男の虎吉《とらきち》が壁に手をつき、身体をささえながら出てきた。

虎吉はお末の亭主《ていしゅ》で、一応、下男ということになっていたが、足が不自由なため、力仕事などはできない。

その代わり、お末が亭主の分まで働くという条件で、伊織は虎吉・お末夫婦を下男下女として雇ったのである。

現われた虎吉は、金槌《かなづち》の柄《え》を口でくわえていた。

普請場《ふしんば》の事故で足を怪我する以前は大工だっただけに、金槌の扱いは心得ている。足は不自由ながらも、いざとなれば暴漢《ぼうかん》と金槌で、果敢《かかん》に渡りあうつもりのようだった。


「申しわけありません。申しわけありません」

部屋に寝かされた苫市は、謝り続けている。

「血を洗い落としたほうがよいな。盥《たらい》に水を入れて、持ってきてくれ。新しい手ぬぐいも頼む」

伊織はざっと苫市の全身を検分したあと、お末に命じた。

そばで、虎吉が声をかけた。

「おめえさん、誰かに殴られたのか。ひでえことをしやがるな」

「いえ、そうじゃないんです。道で転んでしまいましてね。急いでいたと言いましょうか、あわてていたと言いましょうか。そんなわけでして」

苫市の縞木綿《しまもめん》の袷《あわせ》の着物は、胸のあたりにまで点々と血が垂れていた。袴の膝《ひざ》や、着物の袖《そで》は泥だらけである。また、袴の右膝の部分が破れ、のぞいた着物には血が滲《にじ》んでいた。

伊織は所見から、前向きに転んだのに違いなかろう、と思った。

そこに、お末が水を入れた盥と手ぬぐいを持参した。手ぬぐいを水につけたあと、絞って伊織に手渡す。

手ぬぐいで拭《ふ》いて、血と泥を落としながら、伊織はあらためて傷を検分していった。

額《ひたい》は裂傷で、石などにぶつけたらしい。出血はかなりあったが、傷そのものはさほど深くはなかった。

そのほか、手のひらや肘《ひじ》、膝などは擦《す》り傷だった。

「傷は深くはないので、縫うほどのことはない。ただ、額の傷は血止めのため、包帯を巻いたほうがよいな。いわゆる、鉢巻《はちまき》だ。

晒《さら》し木綿を出してくれ」

伊織はお末から晒し木綿を受け取ると、苫市の額に包帯をした。

手や肘、膝の擦り傷は、血と泥を洗い流しただけで充分であろう。

「さて、手当ては終わったぞ。ところで、いったい、なにがあったのか」

「先生、今夜、ここに泊めてください。布団なんぞはいりません。台所の片隅《かたすみ》でませんかもしれない……


かまいませんので。どうか、助けてください」

苫市が必死の形相《ぎょうそう》で、両手を合わせて懇願《こんがん》した。

「家に帰れぬほどの傷ではないぞ」

「じつは、怖くって、家には帰れないのですよ。見つかると、殺されるかもしれません」

伊織が静かに言った。

「ふところの袋と関係があるのか」

さきほど全身の傷を診察したとき、ふところの袋に気づいたのだ。

苫市が涙声で答える。

「へい、お察しのとおりです」

「もしかして、盗んだ金か。だとしたら、泊めるわけにはいかぬ。手当ては終わったから、帰ってもらう」

「いえ、けっして盗んだ金でも、拾った金でもありません。妙な成り行きで、人からあずかったのです。あたしも、わけがわからないのですよ。

ちゃんと、お話ししますので」

身体を起こした苫市がその場で、何度も頭をさげる。

相手に平身低頭されると、伊織は無下《むげ》に断れない気分になってきた。

さらに、「妙な成り行き」とやらに興味が湧《わ》いてきたのも事実だった。

「嘘《うそ》ではないな」

「へい、嘘は申しません。先生しか頼る人がいないのです。助けてください」

「よし、では泊めてやる。ただし、いきさつをきちんと話してもらうぞ。さもないと、罪人を匿《かくま》ったとして、私も咎《とが》めを受けかねぬからな」

「へい、最初から、すべてお話しします。ですが、できれば先生だけにお話ししたいのですが。

申しわけありません」

苦市が、虎吉とお末に向かって頭をさげた。

しかし、見当違いな方向だった。

虎吉もお末も、苦々《にがにが》しい顔をしている。

「では、二階に行くがよい。しばらくして、私も二階に行く。そこで、話を聞こう」

「へい、かしこまりました」

十畳の部屋の右横に、二階に通じる急勾配《きゅうこうばい》の階段があった。

二階には、六畳の部屋がふたつある。

さっそく階段をのぼりかける苫市に、伊織があわてて声をかけた。

「おい、二階には明かりがないぞ」

「へへ、あたしには明かりがあろうとなかろうと、同じですよ」

「ああ、そうだったな」

伊織は苦笑した。

苫市の姿が消えるや、お末が声を低めながらも、激しい口調で言った。

「先生、怪しいですよ。あんな男、さっさと追いだすにかぎります。泊めたりしたら、ろくなことになりませんよ。先生は人がよすぎます。
先生の口から言えないのなら、あたしがはっきり言ってやりますから」

お末の言い分も、もっともだった。しかし、自分たち夫婦がのけ者にされた鬱憤《うっぷん》も、幾分かあるようだった。

「まあ、そう怒るな。
『窮鳥懐《きゅうちょうふところ》に入《い》れば猟師《りょうし》も殺さず』と言うぞ。苫市は窮鳥だ。それに、まがりなりにも、いまの苫市は私の患者だからな」

「なんですか、その、きゅうちょうって」

眉《まゆ》をひそめ、お末が言った。

そばから虎吉が口をはさむ。

「てめえ、そんなことも知らねえのか。

追いつめられた鳥が、たまたま猟師のふところに飛びこんできたら、猟師もこれを殺さない。つまり、人が必死に救いを求めてきたら、どんな理由があっても助けるべきだ、という意味だ」

「ほう、よく知っているな」

伊織は感心して、虎吉を見た。

おおいに見直した気持ちである。

虎吉は恥ずかしそうに言った。

「いえね、あっしは先生のように本を読んで学問をしたわけじゃあ、ありません。昔、講釈で聞き覚えただけですがね。耳学問ですよ」

「いや、それでも、たいしたものだ。

さて、私も二階に行く。行灯を用意してくれ。私は苫市のように明かりなしでも平気、というわけにはいかぬからな」

「へい、ただいま」

お末が、別な行灯の火皿に油をそそぎ、芯《しん》に火を点じた。

三

二階の部屋には薬簞笥《くすりだんす》が置かれ、引き出しには各種の薬草がおさめられていた。片隅には、薬種をすりつぶす薬研《やげん》や、焼酎《しょうちゅう》から消毒用のアルコールを抽出する蘭引《らんびき》などの道具も、きちんと整理されている。

さらに、沢村伊織がかつて大槻玄沢《おおつきげんたく》が主宰《しゅさい》する芝蘭堂《しらんどう》で学んでいたころ、その後、長崎《ながさき》にシーボルトが開設した鳴滝塾《なるたきじゅく》で学んでいたころの帳面なども、本箱に整理されていた。

本箱は、下男の虎吉が大工の腕を生かして作った物である。足は不自由ながら、つねになにかを作っていた。

「さて、話を聞こうか」

向かいあって座りながら、伊織はお末が用意した行灯の位置を調節し、苫市の顔に明かりがあたるようにした。

あらためて、まじまじと苫市の顔を見る。

両眼こそ白濁《はくだく》しているが、容貌《ようぼう》は端正《たんせい》だった。色男と言ってもよかろう。もし目が不自由ではなく、商家などに奉公していたら、主人の娘の婿養子《むこようし》に迎えられるなど、出世の糸口をつかんでいたかもしれなかった。

これまで、伊織は按摩を受け、世間話をするなかで、苫市の境遇《きょうぐう》もある程度は知っていた。裏長屋に、ひとり暮らしをしているという。

生活のなかで、いちばん大変なのが毎日の食事らしい。

同じ長屋に住む行商人の女房に金を渡し、毎朝、一日分の飯を届けてもらっているようだった。

「へい、では。

あたしがついさきほど、歩いておりましたら、ちょうど、三味線堀のあたりでした――」

苫市が話しはじめた。

聴覚から判断した描写は的確であり、状況がありありとわかる。

適宜《てきぎ》、伊織が質問する。

「声をかけてきたのは、どういう感じの男だったのか」

「年のころは三十前後でしょうかね。脅しつけるような物言いをしていましたが、強がりのようでした。職人衆ではありません。かといって、お店者《たなもの》でもありません。強《し》いて言えば、遊び人とでも言いましょうか」

「ふうむ。そして、その男は、そなたのふところに強引に、袋を押しこんだわけだな」

「へい、もう、いやおうなしでした」

「そのとき、袋の中身は見たのか、いや、確かめたのか」

「いえ、とても、そんな余裕はありませんでした。あたしが、

『これは、なんですか』

と尋ねる前に、男は逃げてしまいましたから」

「その直後、今度は別の男ふたりが現われたわけだな」

「へい、さようです。それもあって、あたしに袋の中身を確かめる暇《ひま》はありませんでした。

いま思うと、あの場で袋の中身を確かめたりしていなくって、よかったですな。もしそんなことをしていたら、ふたりに見られてしまったかもしれません。

そのとき、あたしはどうなっていたか。思いだすと、ぞっとします」

「うむ、そうだな。危機一髪だったのかもしれぬ。

それにしても、とっさに藤堂さまのお屋敷を持ちだしたのは、なかなかの機転だ。男たちも納得したであろう」

「でも、さきほども言いましたように、連中は初めは藤堂さまのお屋敷のほうに向かいそうになったのですが、提灯なしでは遠くに行けないと見て、近くの暗闇を探すつもりのようでした。

ところで、今夜は月も星も出ていないのですか」

苫市が、やや間の抜けた質問をした。

そんな苫市に、伊織も気の毒さを感じる。

「うむ、雲に隠れて、月明かりも星明かりもほとんどない。提灯がなくては、道を歩くのは難しいだろうな」

「そうでしたか」

「ふたり組は、どんな感じだったのか」

「あの雰囲気は、堅気《かたぎ》ではありませんね。やくざ者のようでした。ひとりは三十代の初め、もうひとりは二十代の後半くらいでしょうか。連中には、独特の匂いのようなものがありますからね。

まあ、そんなわけで、ふたり組は男のあとを追って、遠ざかっていきました。

その隙《すき》に、あたしは逃げだしたわけです。歩きながら、片手をふところに突っこみ、袋の中身を確かめました。指の感触で、小判とわかりました。

金玉が縮《ちぢ》みあがり、背筋が寒くなりましたよ。

『これは大変なことになったぞ。とんでもない物を押しつけられてしまった。ふたり組が気づき、追ってくるかもしれない。そうすれば殺されるかも……』

そう考えたとき、頭に浮かんだのは、とにかく逃げることでした。

もう、必死でしてね。なるべく暗い場所を選んで――もちろん、勘《かん》ですがね、いつにない早足で歩いたのです。やはり、それが無理だったのでしょうね。

すっ転んでしまったのです。一瞬、気を失ったようでしたね。

はっと気がつくと、顔がぬるぬるしています。手で触《さわ》ってみて、血だとわかりました。怖くって、心細くって、あたしは泣きだしそうでした。

そのとき、先生の家が近くだったのを思いだしたのです。

先生の家は、お武家屋敷の中にありますからね。お武家屋敷の中だと、やくざ者も手を出せません。まさに、好都合です。

それで、先生に頼ろうと思ったのです。

ご迷惑もかえりみず、申しわけございません」

「なるほど、私の家は凶状持《きょうじょうも》ちの隠れ家によいな」

「先生、あたしはけっして……」

苫市が必死の形相で言った。

伊織は笑いだす。

「冗談だ、本気にするな」

伊織の家は、下谷七軒町《したやしちけんちょう》の旗本《はたもと》屋敷の敷地内にあった。

貧窮《ひんきゅう》している幕臣のなかには、拝領屋敷内に借家を建て、町人に貸して家賃収入を得ている者は多かった。もちろん、建前では禁止されていたが、事実上は野放しだった。

伊織が住む二階建ての仕舞屋《しもたや》は、旗本が敷地内に建てた二棟の借家のうちの一棟だったのだ。

一応、武家屋敷の中なので、町奉行所の役人ですら踏みこむことはできなかった。やくざ者も、迂闊《うかつ》には手を出せまい。

その点では、苫市はいま、安全圏にいると言えよう。

伊織が言った。

「いきさつは、わかった。で、渡された袋はどうした」

「へい、これです」

苫市が革袋を前に押しだした。

見るからに、重そうである。伊織は手に取り、持ちあげてみた。重さは三百匁《もんめ》
（約一キロ）近くありそうだった。

伊織が袋を、苫市の膝の上に戻す。

「中身はくわしく見たのか、いや、確かめたのか」

「いえ、まだです。これから、一緒に確かめてまいりましょう」

そう言うや、苫市が袋の口を下に向け、中身を畳の上にぶちまけそうになる。

伊織があわてて制した。

「ちょっと待て」

相手は目が見えないだけに、些細《ささい》な行き違いが誤解や不信感を生む。ここは慎重にしたほうがよい。伊織はしばし考えたあと、提案した。

「そなたが、袋の中から一枚ずつ取りだし、畳の上に置いていくがよい。そうやって数えていけば、何枚あったか、間違いようがない。そなたにとっても、確実

であろう」

「へい、わかりました。では、そうしましょう」

苫市が片手を袋の中に突っこみ、

「一枚、二枚、三枚……」

と、一枚ずつ小判を取りだし、前に重ねていく。

みるみる、小判の山が築かれていった。

「……八十四枚。これで全部です。袋は空っぽです」

苫市が袋を逆さにして、振ってみせた。

「ほう、八十四両か」

伊織は大きく息を吐いた。

苫市が声を震わせ、

「あたしは、八十四両をふところにして、夜道を歩いていたわけですな」

と言った。

あらためて恐怖がこみあげてきたようだ。

伊織は数枚を手に取ってみた。すべて、文政《ぶんせい》小判だった。

苫市も一枚を手に取り、指先で撫でて感触を確かめている。

「その袋を見せてくれ」

伊織がうながし、袋を受け取った。

行灯の明かりに近づけ、子細に点検する。

巾着《きんちゃく》で、紐《ひも》で口を閉じる形になっていた。なめした鹿革製《しかがわせい》で、小さな焼き印が押されている。かすれていたが、かろうじて「西田屋《にしだや》」と判読できた。

さらに点検していくと、血痕《けっこん》らしき汚れがあった。

苫市は、血の匂いを感じたと言っていた。目の見えないぶん、嗅覚《きゅうかく》は鋭いので、苫市の感覚は正しいであろう。

とすれば、男は腹部に傷を負っていたのだろうか。


伊織が黙っているため、苫市がたまりかねたように言った。

「先生、これから、どうしたらよいのでしょうか」

「う〜む」

「お奉行所に届け出たほうがよいでしょうか」

「落とし物であれば、長屋の大家に付き添ってもらって、奉行所に届けるべきであろうな。しかし、そなたは見知らぬ男に託されたのだ。しかも、押しつけられたとはいえ、謝礼ももらっている。

奉行所に落とし物として届け出るのは、男を裏切ることになるぞ。こじれると、あとが怖いことになるかもしれぬ」

「じゃあ、どうすればよいのですか」

苫市は途方に暮れた顔をしている。

しばらく考えたあと、伊織がようやく口を開いた。

「ともかく、整理しよう。整理しながら、考える。

第一。今日の深夜か明日か、男が長屋に、そなたを訪ねてくるかもしれないぞ。もしかしたら、そなたが道を歩いていると、声をかけてくるかもしれない。

男は、

『苫市さん、俺だ。あずけた物を、返してくんな。これは約束の小粒だ』

と、そなたに一分金を渡す。

そなたは、あずかっていた袋を返す。

これで、終わりだ。あとは、なんの後腐《あとくさ》れもない」

「へい、へい。そうなりますかね」

「だが、そうならない場合もあるな」

「どういうことですか」

「男は当然、そなたが袋の中身を見たと思っている。八十四両の秘密を守るため、口封じをしようとするかもしれぬ」

「口封じと言いますと……」

「はっきり言えば、男はそなたを殺そうとするだろうな」

「ひえっ、恐ろしいことを言わないでくださいよ」

苫市は顔面蒼白《そうはく》になっている。

それにはかまわず、伊織が続けた。

「第一は、ふたつに分かれるわけだな。金を返却して終わりと、返却したが殺される、と。

次に、第二。これは、ふたり組が男を捕らえた場合だ。

ふたり組は男が金を持っていないのを知ると、責め問うだろうな。いわば、拷問《ごうもん》にかける。

男がついに、

『浅草阿部川町の稲荷長屋に住む、苫市という按摩にあずけた』

と白状したら、どうなるだろうか。

おそらく、この場合が、そなたにとって最悪だろうな。私の口からは、これ以上は言えぬ」

苦市が震えだした。

カチカチと歯の音がするのは、歯の根が合わないのであろう。

「やっぱり、あ、あたしは、こ、殺されるのですか」

「気の毒だが、そうなるだろうな。

いや、待てよ……。

ふたり組の狙《ねら》いは、あくまで金だ。金さえ奪えば、あっさり引きあげるかもしれぬぞ。

『どうせ、俺たちの顔はわからないのだから、殺すまでもなかろう』

というわけだな。

そなたの目が見えないのが、さいわいするわけだ。

ということは、第二も、ふたつに分かれるわけだな。金を奪われて殺されると、金だけ奪われて命は助かる、と。

つまり、まったくの絶望ではない」

「あたしの運命は、第一と第二で決まりですか」

「いや、まだ、第三がある。

第三は、ふたり組は男を捕らえたが、男は金を持っていなかった。そこで、拷問をして金の行方を尋ねた。ところが、男は頑《がん》として口を割らず、そのまま死んだ。あるいは、拷問に耐えきれず、死んだ。

つまり、ふたり組は男を捕らえたが、けっきょく金のありかは聞きだせなかった。こうした場合、ふたりはどう考えるだろうか。

ひとりが、ふと思いつく。

『おい、さっきの按摩、怪しいぜ』

『うむ、あの按摩に金をあずけたのかもしれない』

『よし、按摩を捜そう』

『だがよ、名も住まいも知れねえ野郎を、どうやって捜すんでぇ。雲をつかむような話だぜ』

『提灯で照らして、顔ははっきり見たじゃねえか。俺は覚えているぜ。おめえも、顔を見れば思いだすはずだ。

あいつらの商売の場所は決まっている。よし、これから三味線堀のあたりを見張ろう。いずれ、姿を現わすはずだ。

もし、見つかれば、あとをつけていって……』

という具合になろうな」

「あたしは、つけられたあと、どうなるのですか」

「うむ、これもふたつに分かれるだろうな。

ふたり組はそなたから金を奪い、黙って去る。それで終わりだ。

しかし、ふたり組は金を奪ったあと、口封じをはかるかもしれぬ」

「つまり、あたしは殺されると……」

「まあ、そういうことになろう」

「すると、第一、第二、第三と道はあるが、どの道を通っても、あたしは殺されるかもしれないわけですね」

「かならずしも殺されるわけではない。まあ、おおまかに言って、五分五分だろうな」

「では、助かるためには、どうすればいいのですか」

「わからぬ」

伊織があっさり言った。

苫市は泣きそうになっている。

「理詰めで人を追いつめておいて、『わからぬ』のひと言はないでしょう」

「すまん、べつに突き放しているわけではないが、いまは本当にわからぬのだ」

そう弁解しながら、伊織は苫市に「理詰め」と評されたことに驚いた。

これこそ、鳴滝塾でシーボルトに教えられたことではなかったろうか。

シーボルトは患者の診断をするとき、あらゆる可能性を考え、種々の症状にかんがみて、可能性のひとつひとつを消していくことで、最終的に正しい診断に至る考え方を教えた。

このシーボルトの教えが身についていることになろう。シーボルトから教えられたのは最新の西洋医学のみでなく、論理的な思考法そのものだったのだ。

伊織は急に嬉《うれ》しくなった。内心で、

（シーボルト先生、いまになって、教えられたことが貴重だったと、嚙《か》みしめています）

と、感謝の言葉をつぶやく。

苫市は目こそ見えないが、他の感覚は鋭敏である。

恨めしそうに言った。

「先生、なんだか、笑ってはいませんか」

「まさか、そなたの窮状を笑うはずはなかろう。ただ……」

「ただ、なんですか」

「そんなに恨みがましく言うな。とにかく、なにか解決策を考えよう。まあ、今夜はここに泊まるがいい」

「この金はどうしましょうか」

「そなたが持っているのが筋だが、もし不安というのなら、私があずかってもよい。そなたが言ったように、ここは武家屋敷の中だから、まずは安心だ」

「では、あずかってください」

苫市が革袋を差しだした。

四

炊《た》きたての飯に豆腐《とうふ》の味噌汁《みそしる》、それに古漬《ふるづ》けの沢庵《たくあん》という、相も変わらぬ朝食なのだが、下女のお末に向かって、苫市が丁重に頭をさげた。

「おいしかったですな。ごちそうさまです」

しかし、お末は返事もせず、黙って膳《ぜん》をさげる。

苫市が泊まったことが気にくわないようだった。

亭主の虎吉は女房のつんけんした態度に、苫市を気の毒そうに見ている。

一方、食事を終えた沢村伊織は、とくにお末の冷淡さは気にならなかった。

というより、考えに耽《ふけ》っていて、食事のあいだも上《うわ》の空だったのだ。

そのとき、格子戸が開いて、越後屋《えちごや》の息子の助太郎《すけたろう》が挨拶《あいさつ》をした。

「おはようございます」

右手に風呂敷包みをさげている。

中身は筆、硯《すずり》、墨《すみ》などの文房具と、紙の束であろう。

助太郎の姿を見て、伊織も、はっと我に返った。

越後屋の主人の太郎右衛門《たろうえもん》に頼まれ、助太郎に手習い指南をしていたのだ。

というのも、助太郎は十四歳になりながら、ろくに読み書きができなかった。

越後屋は本屋で、出版も兼ねている。いずれは越後屋を継ぐはずの息子の無学に驚き、太郎右衛門は伊織に、個人教授を頼んだのである。いまさら、寺子屋に通わすわけにはいかないからだった。

また、太郎右衛門の依頼では、まず『商売往来《おうらい》』を教本にして、漢字を教えてほしいとのことだった。さらに、初歩でよいので、オランダ文字も手ほどきしてやってほしいという。

助太郎が将来、本屋の主人になるとなれば、『商売往来』の漢字の読み書きができるのは必要であろう。だが、なぜオランダ文字まで習わせたがるのか。

伊織は、太郎右衛門が息子に期待をかけすぎではないかと案じたが、越後屋がいずれ、オランダ語の書籍も取り扱うことを視野に入れているとわかり、その先見の明に感心したものだった。

「先生、お願いいたします」

助太郎が伊織の前に正座し、畳に両手をついて挨拶をした。

まだ元服《げんぷく》前なので前髪があるが、十四歳にしては体格がいい。顔にも精悍《せいかん》さがある。これまで、剣術の稽古《けいこ》に夢中だったせいであろう。また、これが手習いを怠《なま》けていた理由でもあった。

「うむ、今日はこれを書いてみなさい。商売には必須の、漢字の読み書きだぞ」

伊織が用意しておいた手本を渡す。

そこには、

両替之金子《りょうがえのきんす》　大判《おおばん》　小判《こばん》　壱歩《いちぶ》　弐朱《にしゅ》　南鐐《なんりょう》

と書かれていた。

「はい。清書《きよがき》を持って帰り、お父《と》っさんに見せなければなりませんから」

助太郎は手本を受け取り、机の上に文房具を並べはじめる。

突然、素《す》っ頓狂《とんきょう》な声をあげた。

「あれ、苫市さん。朝っぱらから、ここで、なにをしているんだい。おや、頭はどうしたんだね。怪我の治療に来たのかい」

苫市が額に、晒し木綿を巻いているのに気づいたのだ。

一方、苫市はやや首を傾け、耳を助太郎の声のほうに向けて、懸命に思いだそうとしていたが、わからないようである。

「どなたでしたかね」

「おいらだよ、越後屋の助太郎さ」

「ああ、あの越後屋の悪太郎《あくたろう》か。おめえさん、声変わりしたね。それで、わからなかった」

伊織は驚き、助太郎に言った。

「なんだ、知り合いか」

「苫市さんの住んでいる稲荷長屋に友達が何人かいて、よく一緒に遊んでいたのです。もう、みな奉公に出てしまいましたが」

助太郎の語尾《ごび》は、ややしんみりしていた。

裏長屋に住む庶民の男の子は、十二歳くらいまでに、職人の徒弟《とてい》奉公、あるいは商家の丁稚《でっち》奉公などで家を出る。みな、住みこみの奉公だった。

ところが、助太郎は越後屋の長男だけに、ずっと実家にいた。

そのことはとりもなおさず、十二歳前後で、幼いころからの友達がみな自分のまわりから去っていったことでもあった。

伊織はふと、それが助太郎が剣術修行に熱中した一因かもしれない、と思いいたった。

「そうか、越後屋も浅草阿部川町だったな。近所だったのか。それにしても、そのほう、悪太郎と呼ばれていたのか」

待っていましたとばかり、苫市が口を開いた。

「先生、聞いてくださいな。

とんでもない悪太郎でしてね。あたしも、ずいぶん悪戯《いたずら》をされましたよ。犬の糞《くそ》を踏まされたのは、まだいいほうでしてね。一度なんぞ、馬の糞を饅頭《まんじゅう》と間違えて、あやうく食べるところでした。

あたしが怒って杖で叩こうとすると、それがまたおもしろいらしくって、ぎりぎりのところで杖を外して、喜んでいましたな。小憎《こにく》らしいとは、まさにこの小僧のことですよ」

「苫市さん、悪かった。もう、そのへんで勘弁してください」

助太郎は顔を赤らめ、汗をかいている。

旧悪を師匠の前で暴露され、まさに穴があったら入りたい気分のようだった。

苫市は笑って、手を振った。

「べつに、恨みに思っているわけじゃあ、ありませんよ。子どもは、みんなそうしたものさ。

そういえば、このところ、悪太郎の噂《うわさ》を聞かないなと思っていたところさ。おめえさん、何歳になりなすった」

「十四歳です」

「ほう、ということは、寺子屋は終えて、次は沢村伊織先生に入門し、蘭学とやらを修業しているのかい。感心だね。さすが越後屋の御曹司《おんぞうし》だ」

「いえ、まあ、とにかく、これまで怠けていたものですから、お父っさんに学問をするよう、厳しく言われましてね」

助太郎がしどろもどろの説明をする。

そのとき、昨夜以来もやもやとしていた伊織の頭に、閃《ひらめ》いたものがあった。

「助太郎、ちと、頼まれてくれぬか」

「はい、なんでしょうか」

「稲荷長屋に行って、苫市どのがいるかどうか、見てきてくれぬか」

「え、でも、苫市さんは、そこにいますよ」

助太郎は怪訝《けげん》そうである。

「くわしいことは、あとで話すが」

と前置きをして、伊織が役目について説明した。

説明を聞き終えるや、助太郎は生き生きしている。

「はい、わかりました。では、行ってまいります」

手習いが延期になったのが、よほど嬉しいようだ。やはり、机に向かって読み書きをするより、外で身体を動かすほうが性《しょう》に合っているのであろう。

手早く着物を尻《しり》っ端《ぱし》折《よ》りすると、助太郎が駆けだしていった。

＊

戻ってきた助太郎は荒い息をしていた。行きも帰りも、走ってきたようである。

「お末さん、水をくださいな」

「はいはい、ご苦労でしたね」

お末が水瓶《みずがめ》から柄杓《ひしやく》ですくった水を茶碗にそそぎ、渡してやる。

助太郎は水を飲むと、ふーっ、と大きな息を吐いた。

「先生、稲荷長屋に行ってきました」

「うむ、ご苦労だった。どうだったか」

「はい、路地を入っていくと、腰高障子《こしだかしようじ》に、

あんま　とま市

と書いてあったので、すぐにわかりました」

助太郎はやや誇《ほこ》らしげである。

ちゃんと字が読めた、と言いたいのであろう。

伊織は笑いを噛み殺す。

そばで、苫市が言った。

「大家さんに書いてもらったのですがね」

「それで、腰高障子越しに、

『苫市さん、苫市さん』

と、大声で呼んだのです。

もちろん返事はありません。すると、隣のおかみさんが顔を出して、

『苫市さんはいないようだよ。なんの用だい』

と、訊いてきました。

『お父っさんに、腰が痛いので按摩を呼んでこい、と言われましてね』

『おや、そうかい、あいにくだったね。おまえさん、たしか、悪太……いや、見たことがある顔だね』

『越後屋の助太郎です』

『ああ、そうだったね』

そこに、別なおかみさんが通りかかって、

『どうしたんだい』

と、訊いてきました。

『苫市さんに按摩を頼みにきたそうだがね。どうも、昨日の晩、帰った様子がないんだよ。あたしは隣だから、夜が更《ふ》けて苫市さんが帰ってくると、すぐわかるからね』

『もしかしたら、どこかの女郎屋《じょろうや》にしけこんだんじゃないのかい』

『そんな金、あるもんか』

『いや、ただで揉み療治《りょうじ》をしますからとかなんとか、うまいこと言ってさ』

『どこを揉み療治するのさ』

『按摩だけに、急所を知っているだろうよ』

ふたりが笑っていると、また別のおかみさんが通りかかって、苫市さんが遊女《ゆうじょ》にただで按摩をして、あとはうまいことやっているらしい、という話になりました。

こんな具合で、おかみさん同士の話がはじまったので、わたしは引きあげてきたのです」

「あの婆《ばば》ぁどもめ、まったく、人のことをなんだと思っていやがるんだ」

苫市は憤懣《ふんまん》やる方《かた》ないようだ。

伊織が言った。

「すると、三人のかみさんと話をしたが、誰も、

『そういえば、さっき、苫市さんを訪ねてきた男がいたね』

とか、

『さきほど、妙な男が苫市さんを捜していたよ』

などとは、言わなかったのだな」

「はい、そんな話はいっさい出ませんでした」

「よし、これでひと安心だな」

そばで聞きながら、苫市の顔に安堵《あんど》の色が浮かんだ。

「先生、では、あたしは長屋に帰ってもようございますかね」

「そうだな。ただし、しばらくのあいだは、夜の商売はやめておいたほうがよいぞ」

「へい、そうします。さいわい、昨夜もらった小粒がありますから、しばらくは稼ぎがなくても食っていけます」

「念のため、助太郎に送らせよう」

続いて、助太郎に言った。

「そのほう、稲荷長屋まで送っていきなさい。せめてもの、昔の罪滅《つみほろ》ぼしだ」

「はい、わかりました」

助太郎が素直にうなずく。

そのとき、

「ごめんなせえよ」

と声をかけながら、土間にぬっと男が入ってきた。

年齢は四十前後で、角張った顔をしている。どことなく、人を威嚇《いかく》するような目つきだった。

縞の着物を尻《しり》っ端《ぱし》折《よ》りし、紺《こん》の股引《ももひき》を穿《は》いていた。足元は、白足袋《しろたび》に草履《ぞうり》である。

土間に立ったまま、男が言った。

「蘭方医《らんぽうい》の沢村伊織先生は、こちらでござんすかね」

「さよう、私だが」

「お初にお目にかかりやす。わっしは、南町奉行所の同心、鈴木《すずき》順之助《じゅんのすけ》さまから手《て》札《ふだ》をもらっている、辰治《たつじ》と申す者ですがね」

そう自己紹介しながら、ふところに押しこんでいる十手《じって》をちらりと出して見せる。

伊織は胸騒ぎがした。

「親分が、私になんの用だ」

「ちょいと、ご足労願えませんか。見ていただきたいものがあるんですよ。死体ですがね」

そう言うと、にんまりと笑った。

検死の依頼だった。

伊織が苫市を見ると、顔が強張《こわば》っている。昨夜の一件と結びつけているに違いない。

「よし、わかった。

助太郎、供をしてくれ」

「はい、わかりました」

助太郎が、打てば響くような返事をする。

手習いがさらに延期になったのが嬉しいらしい。

父親の太郎右衛門に手習い指南を依頼されながら、助太郎に医者の仕事の供をさせることになる。伊織としては、やや忸怩《じくじ》たるものがあったが、助太郎は弟子《でし》なのだからと、自分を納得させた。

ふと見ると、苫市はいかにも不安そうである。

「私が戻るまで、そなたはここにいるがよい」

「へい、あたしも気になりますので、先生のお帰りをお待ちします」

それを聞いて、お末がいかにも迷惑そうに顔をしかめた。

このぶんだと、伊織が戻るまで、苫市は針の筵《むしろ》に座っているような気分を味わうであろう。

五

岡《おか》っ引《ぴき》の辰治と沢村伊織が連れだって歩く。あとから、薬箱をさげた助太郎がついてくる。

「親分、場所はどこだ」

「すぐ近くですよ。三味線堀から武家地を抜けたところにある、了源寺《りょうげんじ》という寺の門前ですがね。

門前にある蕎麦屋《そばや》の小僧《こぞう》が朝、店の前を掃除しようとして戸を開けると、死体が転がっているのを見つけましてね。すぐに、自身番に届け出たわけです。

わっしもすぐに呼ばれましたがね。

定町廻《じょうまちまわ》り同心の鈴木順之助さまが巡回で、自身番に立ち寄ったところで、詰めている町役人が、

『町内に変死人がございます。ご検使《けんし》をお願いいたします』

となったわけです。

それで、町役人に案内させて、鈴木さまとわっしで、出向いたわけですがね。

鈴木さまが、不意に言いだしまして。

『そういえば、蘭方医の沢村伊織どのの住まいは、下谷七軒町と聞いたな。近くじゃないか。

おい、辰治。てめえ、沢村どのを呼んできてくれ』

と、こうなったわけです」

「なるほど」

返事をしながらも伊織は、鈴木という同心には「お手並み拝見」という、やや意地の悪い気持ちもあるのかもしれないと思った。

というのは、伊織はかつて大槻玄沢が主宰する芝蘭堂で、蘭学と蘭方医学を学んだ。そのとき同門だった中島粂之丞《なかじまくめのじょう》が、いま町奉行所の同心となっていた。その中島の依頼を受けて、伊織は不可解な死体の検死をおこない、見事に死因を見抜いたことがあった。

中島は子どものころに蘭方医をこころざしていたこともあって、つねづね科学的な検死の必要性を感じていた。そこで、南町奉行所で、蘭方医に検死に立ち会ってもらうことの利点を力説した。

その結果、伊織は非公式ではあったが、奉行所から検使の際の協力を求められるようになっていたのだ。

非公式とはいえ、検死をおこなえば手当ては支払われる。

武家地を抜けると、小さな寺が集まった地域になった。

遠くから見ただけで、了源寺も小さな寺とわかる。寺の山門に続く、短い参道の両側に、茶屋や一膳飯屋などが軒を連ねていた。

茶屋の店先では、茶屋女が田楽《でんがく》を焼いていて、食欲をそそる匂いがただよっている。

「あの蕎麦屋ですがね。うどんも食わせるようですな」

辰治が指さした店の入口には、「しなのや」と書かれた暖簾《のれん》がかかっている。

店先に置いた置行灯《おきあんどん》には、

二八そば　うんどん
信濃屋

と書かれていた。

置行灯からやや離れて、消火用の天水桶《てんすいおけ》がある。

天水桶の近くに、十人近い男女が集まり、小声でささやきあいながら足元の筵を眺《なが》めていた。

筵は中央部が盛りあがり、端《はし》からは足が出ている。死体に違いない。

「おや、旦那《だんな》は……」

辰治がきょろきょろしている。

人だかりのなかから、挟箱《はさみばこ》を担いだ男が寄ってきた。鈴木の供をしてきた中間《ちゆうげん》のようである。

「おい、旦那はどこへ行ったんだい」

辰治に問われ、中間は指で蕎麦屋を示すと、ニヤリとした。

しょうがねえなという風に、辰治は首を振ると、暖簾の下に立ち、店内に呼びかけた。

「旦那、鈴木の旦那、先生が来ましたぜ」

＊

「おう」と返事をしながら、武士が片手で暖簾を払って出てきた。

左手に持った大刀を、あらためて帯に落とし差しにしている。奥の座敷にあがり、蕎麦かうどんを食べていたため、大刀は鞘《さや》ごと帯から外していたのであろう。

縞の着物を着流しにして、袴はつけていない。三ツ紋付の黒羽織《くろばおり》を着て、足元は白足袋に雪駄《せった》だった。

年齢は四十前後だろうか、丸顔で、やや小太りである。両刀を差していなければ、商家の主人に見えそうだった。

「すまん、腹が減ったので、待っているあいだに蕎麦を食っていた」

目のふちが、ほんのり赤い。実際は酒を呑《の》んでいたようである。

鈴木も伊織を見て、すぐに医者とわかったようだった。

医者は剃髪《ていはつ》している者が多いが、伊織は総髪《そうはつ》で、髪は後ろでまとめて紐で結んでいる。やはり袴をつけない着流しで、黒羽織を着ていた。そばに、薬箱をさげた助太郎が立っている。

「沢村伊織先生ですな。中島粂之丞どのから、うかがっておりますぞ」

「畏《おそ》れ入ります」

「さっそくですが、見てもらいましょうかな」

鈴木が先に立ち、筵のかたわらに行く。

見物人の輪が割れ、遠巻きになった。

「おい、筵をめくりな」

鈴木に命じられて、辰治が中腰になると、十手の先で筵をめくった。

現われたのは、三十前くらいの男の死体だった。すぐに目についたのは、ほとんど裸にされていることである。とはいえ、着物が奪われたわけではなく、しわくちゃになって両腕にまとわりついていた。

腹部には晒し木綿が幾重《いくえ》にも巻きつけられていたが、なかば解《ほど》けかかっている。

しかも、晒し木綿には血が滲んでいた。

鈴木が真面目くさった表情で言った。

「拙者《せっしゃ》は、すでに死んでいると見ましたぞ」

伊織は驚いて、鈴木の顔に目をやった。

軽薄な冗談なのだろうか、それとも、蘭方医を揶揄《やゆ》しているつもりなのだろうか。

かがんで、死体の各所に触れながら、伊織が言った。

「たしかに死んでいますな。死後硬直があるので、死後二《ふ》タ時《とき》（約四時間）は経過していると思われます」

「ふうむ。この男が死んでいるという点では、見解が一致しましたな。

辰治、てめえが聞きこんできたことを言いな」

「へい、隣りの一膳飯屋の女房が、七ツ（午前四時頃）すぎでしょうか、表で、

『手間をかけさせやがって。逃げきれると思ったのか』

『おい、てめえ、金はどこへやった』

という怒鳴り声や物音、うなり声を聞いたというのです。二、三人いたらしいですがね。

女房は怖かったので、外は見なかったそうです」

辰治の報告を受け、鈴木がにやりとした。

「ついさっき、五ツ（午前八時頃）の鐘が鳴った。飯屋の女房が声を聞いた七ツころに殺されたとすると、死んでから二タ時くらいというのは、ほぼ符合しますな」

「ところで、発見されたとき、死体はうつぶせだったのではありませぬか」

死体を検分しながら、伊織が言った。

鈴木の顔に驚きがある。

「どうして、そんなことがわかるのですか」

「死ぬと、血液の循環が止まり、しだいに下に沈んでいきます。たとえば、仰向けの姿勢で死ぬと、背中全体が赤褐色《あかかっしょく》になります。いわゆる死斑《しはん》です。

この死体は、胸から腹部にかけて死斑ができ、赤褐色になっています。死後しばらくのあいだ、うつぶせになっていたのではないでしょうか」

「うむ、先生の見抜いたとおりです。発見されたときは、うつぶせの姿勢でした。拙者が検使にきてから、顔を見るために、死体を仰向けにしたのです」

もはや鈴木の顔から、からかいの気分は完全に消えていた。

伊織のそばにしゃがみ、検死の様子を熱心に眺めはじめた。

助太郎が持参した薬箱から虫眼鏡《むしめがね》を取りだし、伊織が死体の各部を検分していく。

「顔のあちこちに、殴られた跡がありますね。しかし、致命傷になるような打撲《だぼく》ではないようです」

「うむ、頬などに殴られた痣《あざ》がありますな」

そのとき、伊織は男の右顎《あご》に、大きなほくろがあるのに気づいた。

ふたり組が、追っている男の人相として、苫市に顎のほくろを確認していたのではなかったか。

伊織は検死の依頼を受けたとき、もしかしたら、という予感があった。場所が三味線堀に近いと知って、いよいよ予感が強まった。

そして、いまや確信に変わった。この死体は、苫市に八十四両を託した男に違いあるまい。

だが、まだ町奉行所の同心に明かすべきではなかろう。一歩間違うと、苫市を苦しい立場に追いこみかねなかった。

伊織はさらに検分を続ける。

「晒し木綿を外して、腹部の傷を見たいのですが」

「おい、辰治、手伝いな」

「私の助手にも手伝わせましょう」

辰治と助太郎で、乱れた晒し木綿を外す。とくに、助太郎は手際がよかった。

男の左の下腹部に刺し傷があった。触ってみると、かなり深い。

「おそらく、この傷が致命傷でしょうね。晒し木綿をきつく巻いて血止めをし、どうにかここまで歩いてきたものの、力尽きたと思われます。

別な男に殴られ、なにかを問われたようですが、もうそのときには虫の息だったかもしれません」

「ふうむ。この男の商売はわかりますか」

伊織は虫眼鏡で、男の左右の手を観察していく。

細い指で、目立った変形はなかった。手のひらもやわらかい。とくに胼胝《たこ》などはなかった。

「職人ではありませんね。人足《にんそく》のような、力を使う商売でもないようです」

「かといって、お店者には見えやせんがね」

横から辰治が言った。

鈴木が笑みを浮かべた。

「拙者は以前、こうした手を見ましたぞ。これは、掏《すり》や、博奕打《ばくちう》ちの手ですな。連中は指が太く硬くなっては、商売にならないのです。掏るときも、さいころを転がすときも、指先が頼りですからな。そのため、できるだけ力仕事をしないのです」

「ほう、思ってもみませんでした」

伊織は鈴木の経験に感心した。

やはり長年、同心として検使をしてきただけはあると言えよう。

「持ち物などから、なにかわかったのですか」

「それは、辰治、てめえから先生に説明しな」

「へい、死体のそばに、安物の布製の鼻紙入と煙草入《たばこいれ》、それに手ぬぐい一本が落ちていました。一応、わっしがあずかっていますがね」

辰治が自分のふところを叩いた。

「鼻紙入の中に金はあったのですか」

「からっぽでした」

苫市に男が袋を託すとき、謝礼として一分金を渡したのを思いだした。また、袋を引き取るときにも、一分金を渡すと告げている。鼻紙入のなかには、いくばくかの金が入っていたはずである。それが消えていた。

鈴木が口を開いた。

「男たちは、『おい、てめえ、金はどこへやった』と尋問《じんもん》している。大金のはずですな。

鼻紙入に入る金など、たかが知れています。死んでいた男は鼻紙入とは別に、大金を持っていたと考えてよいでしょうな。

……よし、ここまでとしよう。

辰治、てめえ、このあたりの掏や博奕打ちに、行方が知れなくなった者がいないか、調べてみろ」

「へい、かしこまりました」

「その前に、自身番に行って、死体を始末させろ。身元がわからない以上、無縁仏だな。

念のため、着物なんぞは自身番で保管させておけよ。あとで、身元を確かめる手がかりになる。

さて、先生、ちと相談もあるので、こちらへ。お供も一緒でよろしいですぞ」

そう言いながら、蕎麦屋にいざなう。

鈴木は今日、二回目の蕎麦屋であろう。

六

紺地に白く「しなのや」と染め抜かれた暖簾をくぐると、土間になっていて、数脚の床几《しょうぎ》が置かれていた。

奥には、ちょっとした座敷がある。

入口近くでは、襷《たすき》がけをした亭主が蕎麦を打っていた。大釜《おおがま》では、湯気が立ち昇っている。

弟子の助太郎と供の中間は同じ床几に隣りあって座り、ともに蕎麦をすすっている。

沢村伊織と鈴木順之助は、それとは別の床几に隣りあって座ったが、あいだに、ちろりと茶碗が置かれていた。かなりいける口なのか、鈴木はうまそうに茶碗酒を飲んでいる。

一杯目を飲み干したところで、鈴木が言った。

「拙者がこれから、私見を述べます。なにか間違いや矛盾《むじゅん》があったら、指摘してくだされ」

「はい、承知しました」

「死んでいた男を便宜上《べんぎじょう》、『甲《こう》』と名付けましょう。

昨夜、甲は金を盗もうとした。商家ではなく、おそらく賭場《とば》などの、危ない金でしょうな。

ところが、盗みを見つかり、刃物を振りまわす騒ぎになった。甲は腹を刺されたが、どうにかその場を逃れ、とりあえず晒し木綿を腹に巻いて、応急手当てをした。そして、金を持って逃げだした。

すぐに男たちが、甲のあとを追った。追っ手のひとりを便宜上、『乙《おつ》』としましょう。

甲は遠くに逃げようとしたものの、了源寺の門前の一膳飯屋のあたりまで来たところで力尽き、ついに動けなくなってしまった。天水桶のそばだったのは、水が飲みたかったのかもしれませんな。

うずくまっている甲を、乙が見つけた。そのとき、おそらく甲は意識も朦朧《もうろう》としていたのでしょう。

さっそく甲の身体をあらためたが、金はない。

『おい、てめえ、金はどこへやった』

乙は殴りつけながら、問いただしたのでしょうな。

ところが、甲はなにも答えないまま事切れた。

乙は焦《あせ》って、提灯の火で照らしながら、甲の身体をくまなく調べた。そのため、着物が大きくはだけ、晒し木綿も解けていたのです。

念のため、乙は甲の身体をうつぶせにし、背中や尻も調べた。そのため、発見されたとき、甲の身体はうつぶせだったのです。

甲が持っていた鼻紙入には、小粒や銭《ぜに》くらいは入っていたでしょうな。乙は中身だけ抜き取り、鼻紙入はその場に捨てた。なまじ持っていると、それから足がつくのを恐れたのでしょう。

煙草入を持ち去らなかったのも、同様な理由です。

乙は、甲の死体をそのままにして、引きあげた。

——とまあ、こういう筋書きですがね。

ただし、肝心の金の行方がわからないのが、難点と言えましょうな」

伊織は内心、

（その金はいま、私の家にあります）

とつぶやいたが、とても口にはできない。

言い終えた鈴木が小さく、

「そうだっ」

と叫んだ。なにか思いついたようである。

中間に向かい、鈴木が怒鳴った。

「おい、蕎麦なんぞ、のんびりすすってる場合じゃないぞ」

そのまま、店の外に飛びだす。

中間も丼を床几に置くと、あわてて店から飛びだす。伊織と助太郎も、あとに続いた。

鈴木は天水桶を指さした。

「甲は乙に見つかる直前、金をここに隠したに違いない」

伊織は内心、嘆声《たんせい》を発した。

もちろん、見当違いなのだが、鈴木の推理は見事と言えよう。なまじ見事なだけに、申しわけなさがこみあげてくる。

鈴木がてきぱきと指示を発した。

「蕎麦屋で柄杓を借りてこい。手桶を全部おろして、天水桶の中を調べるのだ」

助太郎が手早く、積まれた手桶をおろしていく。

中間が柄杓を借りてくると、天水桶の中に突っこみ、掻《か》きまわした。

「なにか、ないか」

「いえ、水だけのようです」

「そんなはずはない。では、水を掻きだしてしまえ」

鈴木の指示を受け、中間と助太郎が手桶を使って天水桶の中の水を汲《く》み、道にぶちまける。

伊織としては「無駄です」と言いたいのだが、とても口にできない。伊織はいま、自分が苦市以上に難しい立場に置かれているのを、ひしひしと感じていた。

助太郎は嬉々《きき》として水汲みをしている。

やはり、身体を動かすことが性に合っているようだった。とくに、町奉行所の役人の指示のもと働いているのは、助太郎にとっては、心躍《こころおど》る体験なのかもしれない。

中間と助太郎が呼吸を合わせ、

「ほれよ、気をつけな」

と声を張りあげながら、手桶の水を道にぶちまける。

道を歩いていた男たちのなかから、

「なんだ、むやみに水をまくな」

と、怒りを発する声があがったが、天水桶のそばに町奉行所の役人らしき姿を見ると、みな口をつぐんだ。

天水桶の水がなくなったところで、みなで中をのぞいたが、金らしきものはなにもなかった。

「う〜む」

鈴木が無念そうに唸《うな》る。

一連の作業の結果は、蕎麦屋の前の道が雨でもないのに、ぬかるみになっただけだった。

しかも、町内の人間は空になった天水桶に、井戸で水を汲んで運んでこなければならない。役人の横暴《おうぼう》に、みな内心では不満たらたらのはずだった。

ふたたび蕎麦屋の床几に腰をおろした鈴木が言った。

「とんだ茶番でしたな。お恥ずかしいしだいです」

「いえ、茶番とは思いません。見事な推察だと感じ入りました」

伊織は、鈴木が気の毒でしかたがなかった。

相手の面子《めんつ》をつぶさないよう配慮しながら、しかも、迂闊に尻尾《しっぽ》を出さないよう注意しながら、伊織が慎重に語りはじめた。

「金がどのくらいあったのかは不明ですが、乙が追いかけるくらいですから、かなりの大金ですね。となれば、重さも相当なはず。

初めは甲も、金をふところに入れたまま逃げるつもりだったのでしょう。しかし、深手を負っていましたからね。しだいに、歩くのもつらくなってきた。

そこで、途中でどこかに金を隠したのかもしれません。そして、身軽になって、逃げのびようとした。

甲はまさか自分が死ぬとは、夢にも思っていなかったでしょう。どこかに隠れ、

＊

しばらく療養して、身体が回復すれば金を取り戻しにくるつもりだったのでしょうな。

ところが、了源寺の門前まで来たところで力尽き、天水桶のそばにへたりこんでしまった。

あとは、鈴木さまの推察のとおりだと思います」

「ふうむ、肝心の甲が死んでいますからな。死人に口なし。けっきょく、甲が持ちだした金の行方は、わからないままになりますな」

「そうかもしれません。

ひとつ、気がかりな点があるのですが」

「なんですかな」

「乙は金を捜していた以上、甲を殺すはずがありません。いや、さきほどお話ししていたように、殴っているうちに誤って死んでしまうことはあるかもしれませんが、甲は腹を刺されて死んでいます。となると、殺したのは別の人物です。乙を苦労して探しあてたとしても、殺しの下手人ではないということになります」

「う〜ん、痛いところを突かれました。たしかに言われてみれば、そのとおりですな。

では、甲の腹を刺した男を便宜上、『丙《へい》』としましょう。丙に刺された傷がもとで、甲は死んだ。つまり、甲を殺したのは丙ですな。となると、乙がしたのは、死にかかっていた甲の顔を殴ったのと、鼻紙入の中の金をくすねただけ、ということになります。しかも、乙を召し捕っても、金の行方はわかりません。

そう考えると、なんだか馬鹿ばかしくなってきましたな。もし乙が判明しても、丙の仲間というわけでなければ、灸《きゅう》を据《す》えるくらいでいいかもしれませんな。岡っ引の辰治が、

『てめえ、死人から金を盗むなど、こすっからい真似をしやがって』

と、乙の横っ面《つら》を張り飛ばして、それで終わりとしましょう」

鈴木は言い終えると、残りの酒をぐいと飲み干した。

これで、この件を切りあげるつもりらしい。

伊織がとどめた。

「もうひとつ、気になることがあります」

「なんですかな」

「もしかしたら、丙は死んでいるかもしれません。となるとおそらく、殺したの

は甲でしょう」

「なぜ、そう思うのです」

「甲と丙が、刃物で渡りあったとします。その後、甲は腹部の傷を晒し木綿で巻いて、応急手当てをしています。

もし丙が生きていたら、甲はとても晒し木綿を巻く余裕などなかったはずではありますまいか。とすると、丙は死んでいると考えるほうが自然です」

「ふうむ、なるほど。たしかに、そうですな。

辰治に命じて、そのあたりも探らせましょう。実際は刃物で殺されたが、病死として葬《ほうむ》られた、という噂があるかもしれません。

では、先生には、お手数をかけましたな」

鈴木が蕎麦屋の女将《おかみ》を呼び、まとめて代金を支払った。

いつしか、蕎麦屋は満員になっている。朝から、表で死体騒ぎがあって客の入りはよくなかったが、ようやく、いつもどおりのにぎわいを取り戻したようである。

＊

伊織は、家の外まで笑い声が響いてくるのを聞き、意外な気がした。

「苫市さん、いやだねえ」

下女のお末が大笑いしている。

そばで、亭主の虎吉も笑っているようだ。

今朝、伊織が出かけるときのお末の不機嫌が、嘘のようである。

伊織と助太郎が土間に入ってくるのに気づき、

「おや、お帰りなさいませ」

と、お末が半分笑いながら言った。

「どうした、ずいぶんと、にぎやかではないか」

「いえね、苫市さんが、どこやらの後家さんの腰を按摩したときの、いやらしい話をしたので、笑っていたのです。

ところで、先生が出かけたあと、苫市さんがあたしに、ただで按摩をすると言ってくれたんですよ」

「へへ、せめてものお礼に、と思いましてね」

苫市が照れたように言った。

お末が言葉を続ける。

「あたしは最初、按摩なんて、身体に触られるのはいやだって言ったんですけどね。亭主が横から、

『せっかくだから、やってもらえ。身体が楽になるぞ』

と、しきりに勧めるものですから。

それで、あたしは生まれて初めて、按摩というものをしてもらったんですけどね。

いいものですね。気持ちよくって、なんとなく眠た〜くなってきて、ついとろとろと居眠りをしてしまったくらいです」

「てめえ、鼾《いびき》をかいていたぞ」

虎吉が横から、からかった。

これで、お末と苫市が打ち解けた理由がわかったというものだった。

苫市なりに気を使い、それが功を奏《そう》したと言えよう。

伊織がふと気づくと、虎吉は縫物をしている。

「おい、なにをしているのだ」

「苫市さんの袴の膝が破れていたので、あっしが繕《つくろ》っているのですよ。ところで、苫市さん、生地が擦りきれているので、接ぎをあてなけりゃあ、無理だぜ。古布を接ぎにすると、柄《がら》が合わないが、どうかね」

「あたしは夜の商売ですから、柄が合わなくてもかまいませんよ」

伊織は虎吉の器用さに驚いた。

また、苫市が着流しになっているのも、これで理解できた。

「最初は、あたしが縫い方を教えたのですがね。いまでは、亭主のほうが上手ですよ。あたしも、自分の繕《つくろ》い物を亭主に頼んでいるくらいですから」

お末が説明する。

恥ずかしそうに虎吉が言った。

「あっしは、人並みな働きはできませんから、せめて、自分にできることはなんでもやろうと思っていましてね。

そんなわけですから、先生もなにか繕い物があれば、あっしに渡してください」

「ほう、そうか。では、これからは遠慮なく頼もう」

腰をおろした伊織に向かい、苫市が言った。

「先生も按摩はどうですか。もちろん、お代はいただきません」

「いや、いまはよい。

それより、袴に接ぎがあたったら、長屋に戻ったほうがよいぞ。妙な噂が広るのはよくないからな。さきほども言ったように、助太郎に送らせる。

長屋で、もし外泊の理由を問われたら、道で転んで怪我をして、私のところに担ぎこまれた、とでも答えておけばよかろう」

「へい、わかりました。

ところで、先生、どんな死人だったのですか」

苫市が不安そうに尋ねた。

やはり、昨夜の男が気がかりなのであろう。

伊織はちょっと迷ったが、詳細《しょうさい》はまだ伏せておくことにした。

「殺された男は、町奉行所の同心の見立てによると、掏《すり》か博奕打ちのようだ。仲間内の揉め事で殺されたのかもしれないな」

「へえ、へえ、そうでしたか」

「それはそうと、助太郎、今日は雑用をさせてしまったが、これから手習いをするぞ」

「はい、わかりました」

助太郎が文机の前に座る。

伊織はふと、気になった。

「この調子だと、そなたが家に帰るのはかなり遅くなるな。太郎右衛門さんに叱《しか》られるのではないか」

「いえ、お父っさんには、手習いのほか、先生の往診のお供をしたと言います。お父っさんは蘭学も学んでいると思い、きっと喜ぶはずです」

助太郎は、けろっとしている。

伊織は苦笑するしかなかった。

七

朝食を終えてしばらくすると、助太郎がやってきた。

沢村伊織が文机の前に座る。

「さあ、今日は、みっちりやるぞ。『商売往来』の漢字を習い、清書したら、次にオランダ語の、いわば『いろは文字』を教える」

「はい、お願いいたします」

助太郎が神妙な面持ちで、机の前に座った。

伊織が渡した手本には、

帷子《かたびら》　夜着《よぎ》　蒲団《ふとん》　蚊屋《かや》　浴衣《ゆかた》　風呂敷《ふろしき》

アベセデエエフ

A　B　C　D　E　F

a　b　c　d　e　f

と書かれている。

筆に墨を含ませ、いざ助太郎が取りかかろうとしたとき、格子戸を開けて、岡っ引の辰治が入ってきた。

二度目なので、辰治はもう遠慮がない。

土間に立ったまま、あたりをはばからぬ声で言った。

「先生、またもや死体ですぜ」

それを聞いた途端、助太郎の顔が輝いた。

そわそわしながら、

「薬箱を持って、お供をします」

と、もう立ちあがらんばかりである。

病人や怪我人なら急を要するが、検死であればそれほど急ぐこともあるまい。

そう思った伊織が言った。

「親分、半ン時《はんとき》（約一時間）ほど、待ってもらえぬか」

「へい、かまいませんぜ。半ン時くらいでは、鯖《さば》とは違って、そう悪くはならないでしょうよ」

自分の冗談に笑いながら、辰治が上框《あがりかまち》に腰をおろす。

下女のお末は、岡っ引の悪趣味な冗談に眉をひそめている。

伊織が厳しい口調で言った。

「手習いを終えてから、出かける。よいな」

「はい」

助太郎の顔に一瞬、落胆の色が浮かんだが、気を取り直し、筆を執《と》る。課題が終わりしだい、出かけられるとわかり、かえってやる気が湧いてきたようだった。

お末が辰治に茶を出す。

茶を飲みながら、辰治は下男の虎吉の道具箱に目をとめた。

「おめえさん、なぜ、そんなたいそうな物を持っているんだね」

「あっしは、昔は大工だったものですから。いまだに、これだけは手元に置いておきたいんですよ」

「ふうむ、ちょいと見せてくんな」

いつしか、道具談義がはじまる。

「ほう、これは鑿《のみ》だな。鑿でも、いろんな刃先があるな」

「へい、それぞれ使い分けるんですよ」

「なるほど。これは、なんだ」

「規《ぶんまわし》といいましてね、これを使うと、きれいに丸が描けるんですよ」

「どうやって、使うんだい」

「こうやるんですがね」

虎吉が規の使用法を実演する。

伊織はふたりの話を漏《も》れ聞きながら、規はいわゆるコンパスであろう、と思った。興味があったので、自分もそばに行って実際に見たかったが、助太郎の手前もある。

これまで、とくに道具箱を気にしたことはなかったが、虎吉の説明を聞いていると急に関心が出てきた。

(そういえば、シーボルト先生も、日本の職人の高い技術に感心していたな。いろんな細工物も収集していた……)

あとで虎吉の道具箱を見せてもらおう、と伊織は思った。

＊

歩きながら、辰治が言った。

「根津《ねづ》宮永町《みやながちょう》で、又蔵《またぞう》という女衒《ぜげん》が殺されているのが見つかりましてね。又蔵はつい最近、女房に死なれ、いまは独り者です。女衒は人買い稼業で、女を仕入れにあちこち旅をします。

それで、とくに家には下男や下女などの奉公人は置かず、自分が江戸にいるあいだだけ、通いの下女を雇っていたようです。

旅をしているあいだも、下女にときどき、家の風通しと掃除をするよう頼んでいたそうですがね。

今朝、下女が掃除をしに行くと、昨日のうちに旅立ったはずの又蔵が死んでいたわけですな。

驚いた下女が自身番に駆けこみ、それから、わっしが呼ばれた、というわけです」

「すると、同心の鈴木順之助さまはいま、その又蔵の家にいるのですか」

「いえ、鈴木の旦那は、別の自身番に巡回に行きました。

『辰治、ここは、てめえと先生に任せる。うまくやれ』

と、言い置きましてね」

辰治は、にやにやしている。

伊織は当惑した。

岡っ引と町医者に任せるとは、無責任ではなかろうか。

それとも、昨日に引き続いての検使が面倒なのだろうか。そう考えると、急に鈴木に対して腹立たしくなってきた。

ちと怠慢《たいまん》なのでは、と言いたいのをおさえ、伊織が言った。

「しかし、私は一介の町医者ですからな」

「これは、けっして先生に厄介事を押しつけているわけではありません。鈴木の旦那なりの深い考え、というやつでしてね」

「ほう、どういうことですかな」

「根津には岡場所《おかばしょ》があります。また、又蔵は女衒です。鈴木さまは、事件は女郎屋がらみと睨んだのです」

根津権現《ごんげん》の門前には岡場所があり、多くの女郎屋があった。

公許《こうきょ》の遊廓《ゆうかく》である吉原《よしわら》とは違って、岡場所はいわば私娼街《ししょうがい》であり、本来は非合法だった。しかし、町奉行所は岡場所を取り締まることはなく、見て見ぬふりをしていた。岡場所は、下級武士や庶民の男の、遊興の場所だったからである。

ところが、岡場所で殺人事件などが起きて町奉行所が乗りだす事態になると、不本意ながら、無許可の女郎屋そのものを取り締まらざるをえなくなる。

「なまじ鈴木の旦那が出ていくと、岡場所の連中は用心して口をつぐみ、知らぬ存ぜずで、すべてを隠蔽《いんぺい》しようとしますからね。

そのへんを考え、わっしと先生に任せたのですよ。

もちろん、いざとなれば、鈴木の旦那が十手を手にして、

『町奉行所だ。神妙にしろい』

と、颯爽《さつそう》とご登場というわけでさ。まあ、旦那としても、できるだけそれは避けたいようですがね」

「なるほど」

伊織は、鈴木の老獪《ろうかい》さに感心した。

いわば、世情に通じた同心と言えよう。これまで、女郎屋がらみの事件を手掛けたことがあるのかもしれない。

そのとき、伊織は了源寺の門前で死んでいた男を思いだした。

鈴木は男の細く、やわらかい指を見て、掏か博奕打と推理していた。

（もしかしたら、女郎屋の若い者ではなかろうか）

伊織は長崎遊学を終えて江戸に戻ったあと、しばらく吉原で町医者をしていた。その間、多くの妓楼《ぎろう》に往診したため、少なからぬ若い者と知りあい、その働きぶりも目にした。

妓楼の力仕事や家事労働は、すべて下男や下女がおこなう。若い者の主たる仕事は接客と、遊女の雑用である。そのため、若い者の手はみな華奢《きやしや》だった。

吉原の妓楼の若い者も、岡場所の女郎屋の若い者も、その仕事内容は基本的には同じであろう。

「先生、どうかしましたかい」

辰治が怪訝そうに言った。

伊織は、はっと我に返る。

「うむ、女衒という仕事について考えていた」

「たしかに、因業《いんごう》な商売でさ。女衒を犬畜生《いぬちくしょう》や人非人《にんぴにん》のように罵《ののし》る人もいますがね。しかし、そんな連中も吉原や岡場所で、女衒が仕入れてきた女と遊んでいるわけですぜ」

「まあ、それはそうだな」

「着きましたぜ。根津宮永町です」

辰治が、目の前の通りを示した。

通りの両側には、茶屋や料理屋が軒を連ねている。

前垂れをした茶屋女が、通りを行く人々に、

「お寄んなんし。奥が空《す》いております。お休みなさい」

と、しきりに声をかけていた。

八

根津宮永町の表通りから、奥に入っていく細い道があった。裏長屋の路地よりはやや広い、新道《しんみち》と呼ばれる道である。

新道の両側には、一戸建ての家が建ち並んでいた。

どこやらから、三味線の音色《ねいろ》が響いてくる。芸事の師匠が住んでいるようだ。なかには黒板塀《くろいたべい》で囲われた、門のある家もあったが、

「ここです」

と、岡っ引の辰治が示したのは、新道に入口の格子戸が面した仕舞屋《しもたや》だった。

入口の前に、二十歳くらいの男が立って番をしていた。

「わっしの子分ですがね」

沢村伊織に紹介したあと、辰治が言った。

「なにか、変わったことはねえか」

「女郎屋には噂が広まっているらしく、若い者らしき男が何人か、様子をうかがいにきました。

『女衒の又蔵さんが殺されたというのは、本当ですかい』

と尋ねてくるのはいいほうでしてね。

なかには、ずうずうしく、

『ちょいと、又蔵さんの死に顔を拝ませてくださいな』

と頼んでくる野郎もいましてね」

「ほう、それで、てめえ、なんと答えたのだ」

「俺は辰治親分から、『鼠《ねずみ》一匹、中に入れるな』と命じられているんだ。鼠が入れないくらいだぞ、てめえらが入れるわけがなかろう、と怒鳴りつけてやりました」

「うむ、それでいい。

戸を開けてくれ」

子分が格子戸を開けた。

辰治、伊織、そして助太郎が中に入る。

中は土間になっていて、左手が台所で、流しとへっついがあった。流しには包丁《ほうちょう》と俎板《まないた》、鍋《なべ》が置かれ、へっついには釜が乗っている。

壁際に食器棚があり、茶碗や皿、椀、擂鉢《すりばち》などが並べられていた。膳は、数脚ある。

男のひとり暮らしとは思えないが、つい最近まで女房がいたからであろう。

「血が流れているので、土足のままでかまいませんぜ」

辰治が言った。

土間からあがると、台所とひと続きの四畳半ほどの板敷の部屋だった。片隅に、米櫃《こめびつ》が置かれている。右手の板壁には、蓑《みの》と笠《かさ》が掛かっていた。

板敷の部屋の奥に、八畳の部屋がある。仕切りの障子は開けられていたので、すぐに死体が目に入った。

伊織は板敷の部屋に立ち、死体のある八畳間をざっと眺める。

部屋の壁際に簞笥があったが、いくつかの引き出しが開けられ、荒らされていた。着物をひっかきまわしたと思われるが、高価そうな着物は引きだされたままである。生地に点々と、血痕《けっこん》が散っていた。

やや壁寄りに、長火鉢《ながひばち》がある。すでに火の気のない灰の中に置かれた五徳《ごとく》から鉄瓶《てつびん》が落ち、あたりに灰が散っていた。取っ組みあいがおこなわれたのを思わせる。灰があちこちで黒く固まっているのは、血を吸ったからであろう。

畳の上は血まみれだった。

そして、血だまりのなかに、又蔵はうつぶせに倒れていた。

やや離れた場所に、匕首《あいくち》が落ちている。刃には、血が付着《ふちやく》していた。これが凶器に違いない。

伊織がすぐに気づいたのは、又蔵が半合羽《はんがっぱ》をまとっていたことだ。旅に出る直前だったのだろうか。

「手伝ってくれ」

伊織が助太郎に声をかけ、ふたりがかりで又蔵を仰向けにした。

年齢は五十前くらいだろうか。顔色も首の皮膚《ひふ》も、淡い青みを帯びている。鼻の下や顎に、無精髭《ぶしょうひげ》が目立った。

真っ赤に染まった着物をめくり、傷を確認していく。

刺し傷は右の胸と左腕にあり、右胸を刺されたのが致命傷となったようだった。右手の人差し指と中指は深く切れ、ちぎれかかっていた。刃物をめぐって争ったのがうかがえる。

「死んだのは、いつごろでしょうね」

そばで見ていた辰治が言った。

伊織は死体の腕を動かし、死後硬直を確かめる。すでに、死後硬直は解けはじめていた。

「死ぬと半時《はんとき》（約一時間）ほどしてから、身体が固くなりはじめます。丸一日くらいすると、いったん硬直していた身体が、今度は徐々に、ゆるみはじめます。ご覧のように、関節は自由に動くので、いったん固くなったものが、逆にゆるみはじめていますね。

また、身体が淡い青みを帯び、腐敗《ふはい》がはじまっています。

これらからすると、死んだのは一昨日でしょうね」

「ふうむ、了源寺の門前で男が死んだのが、昨日の明け方でしたな」

そう言うと、辰治は荒らされている簞笥に目を向けた。

足で血を踏まないよう気をつけながら、簞笥のそばに行くと、引き出しの中を調べはじめた。

「金を探していたのでしょうかね」

辰治が言った。

同心の鈴木順之助が「甲」と名付けた、了源寺の門前で死んだ男は、大金を持っていたらしい、となっている。

伊織は、辰治がその大金と結びつけているのであろうと察した。

（いや、金ではない）

甲が、腹部に晒し木綿を巻いていた光景が脳裏に浮かぶ。

（もしかしたら、甲は箪笥の引き出しをあさって、晒し木綿を引っ張りだしたのではあるまいか。そして、腹部の傷に巻きつけた……）

そうすると、辻褄《つじつま》が合う。

又蔵が、やはり鈴木が名付けた「丙」に違いない。


若い男が土間に飛びこんできて、叫んだ。

「親分、ちょいと聞きこんできましたぜ」

立ち番をしていた子分とは別で、二十代のなかばくらいである。

「おう、半六《はんろく》か。あがれ。土足のままでいいぞ」

辰治にうながされ、半六が草履のままで八畳間にやってきた。

草履を履いているためか、血を踏んでもさほど気にしていない。

「根津の岡場所に巣くうやくざ者が、血眼《ちまなこ》になって、ひとりの男を追っているようですぜ」

「ほう、どうして追われているのだ」

「金の持ち逃げのようですがね」

伊織は、はっとした。

辰治も目の色が変わる。

「ふうむ、くわしく話してみな」

「へい、西田屋という女郎屋の、丈助《じょうすけ》という若い者が、一昨日から行方が知れないらしいのです。どうも、西田屋の金を盗んで逃げたようですな。西田屋の主人がやくざ者を雇って、丈助を追わせているに違いありませんぜ」

半六の報告を聞きながら伊織は、苫市が受け取った袋に「西田屋」の焼印があったのを思いだした。

この丈助こそ、了源寺の門前で死んでいた、鈴木順之助の言うところの「甲」に違いあるまい。

「なるほど、てめえ、でかしたぞ」

辰治は揉み手をせんばかりだった。

やはり、了源寺の門前で死んだ男と丈助を、結びつけているようだ。

「どうです、先生、その西田屋に行ってみようじゃありませんか」

「うむ、そうですな」

伊織も、もちろん異存はない。

「おい、西田屋に案内しな」

「へい、こちらです」

半六が先に立って案内する。

いったん、根津宮永町の表通りに出て、あとは根津権現の方向に歩く。

小さな掘割《ほりわり》があった。橋を渡って掘割を越えると、根津権現門前となる。

道の両側には、女郎屋が軒を連ねていた。

「女郎屋は二十軒以上、ありやす」

辰治の子分の半六が言った。

半六は普段は、根津宮永町の髪結床の職人だという。それだけに、岡場所の噂はすぐに耳に入ってくる。辰治にとって、重宝な存在なのに違いない。

まだ昼前にもかかわらず、通りは人でにぎわっている。多くは根津権現の参詣《さんけい》であろうが、女郎買いが目的の男も少なくないに違いない。女郎屋の二階からは、三味線の音色や女の嬌声《きょうせい》も聞こえる。

(明るいうちでこれだから、日が暮れたら、まさに吉原以上かもしれぬな)

伊織は、夜のにぎわいを想像した。

「女郎屋のほとんどは、四六見世《しろくみせ》ですがね」

半六が言った。

伊織が尋ねる。

「四六見世とは、どういう店だ」

「揚代《あげだい》が昼間は六百文、夜は四百文の女郎屋ですよ」

伊織は内心、揚代の安さに驚いた。吉原の花魁《おいらん》の揚代とは比較にならないくらいの廉価《れんか》だった。

辰治が小声で言った。

「先生、見なせえ。いま、お店者《たなもの》らしき若い男が、女郎屋の暖簾をくぐりやしたね。おそらく店の用事で外出したのをさいわい、六百文で女郎買いをするのでしょうな。

お店者は店の主人や番頭の目が光っているので、夜の外出は難しいですからね。ああやって、用事で外に出たときに、せわしない女郎買いをするわけです」

「なるほど」

「お奉行所が岡場所を見て見ぬふりをしているおかげです。

連中は、とても吉原では遊べませんからね。せいぜいが、岡場所というわけですよ」

「なるほど」

伊織は同じ相槌《あいづち》を繰り返した。

半六が、辰治の耳元で言った。

「親分、西田屋はここです。さっき言った四六見世ではなく、根津ではいちばんの女郎屋です」

「よし、てめえは外で待っていろ」

辰治が半六に命じた。

当然ながら、薬箱を持った助太郎も外で待機する。

九

紺地に白く「にしだ屋」と染め抜かれた暖簾をくぐると、土間になっていた。

土間の右手に畳を敷いた一画があり、屏風《びょうぶ》を背景にして遊女が三人、座っていた。いわゆる陰見世《かげみせ》である。

吉原の妓楼には通りに面して、張見世《はりみせ》と呼ばれる格子張りの部屋があり、そこに遊女が居並んで座る。客の男は通りに立ち、格子越しに遊女を眺めて、相手を決める。この張見世こそ、吉原の格式でもあった。

ところが、非合法の岡場所の女郎屋は、表立って張見世をすることはできなかった。目立ってはいけないというわけである。

そのため、通りからは見えない店の中に陰見世をもうけ、遊女を座らせていたのだ。

土間に入ってきた沢村伊織と辰治を見て、それまでしゃべっていた遊女が口をつぐみ、姿勢を正す。客と思っているのであろう。

二十代初めくらいの若い者が寄ってくると、

「お見立てなさいますか」

と、手で陰見世のほうを示した。

辰治がふところの十手を取りだし、見せつけた。

「客じゃねえ。旦那はいるか。ちょいと、話を聞きたい」

「親分さんでしたか。へい、少々お待ちを」

若い者の顔つきが変わり、すぐに引っこむ。

土間からあがった左手にある「お部屋」で、若い者が主人にささやいていた。

お部屋は女郎屋の主人の居場所のことだが、吉原の妓楼では、楼主の居場所は内所《ないしょ》という。

戻ってきた若い者が愛想よく言った。

「おあがりください。お履物《はきもの》はそこに、そのままで、へい」

伊織と辰治は土間から、板敷にあがった。

すぐ目の前に、二階に通じる階段がある。陰見世で遊女を見立てた客は、この階段をのぼって二階の部屋に行くのだ。

ふたりは若い者に、お部屋に案内され、長火鉢の前に座った。

主人は四十ほどで、顔は面長《おもなが》だった。冬でもないのに、どてらを羽織っている。

「西田屋の主《あるじ》の、徳兵衛《とくべえ》でございます。なにか、お奉行所のお調べでございますか」

そう言いながら、伊織を見る目に不審の光がある。

「わっしは、お上から十手をあずかる辰治という者だ。こちらは、蘭方医の沢村伊織先生で、お奉行所の検死にお力を貸していただいている」

「はあ、さようでしたか」

「おめえさんのところに、丈助という若い者がいるだろう」

「はい」

徳兵衛は言葉少なである。

極力、よけいなことは言うまいと、心がけているようだ。

辰治がたたみかける。

「いま、どこにいる」

「じつは出奔《しゅっぽん》してしまいまして」

「ほう、そうだったか。一昨日の早朝、了源寺という寺の門前町で、男の死体が見つかった。いろいろ調べていくと、その男は丈助らしいのだがね」

「え、死んでいたのですか」

徳兵衛はすでに、丈助が死んだことは知らされていたはずである。だが、さも初めて知ったように驚きの表情を浮かべた。

すかさず、辰治が声を荒らげる。

「とぼけるねえ。おめえさんがそのつもりなら、自身番まで来てもらうしかないぜ。

おめえさんがやくざ者を使って、丈助を追わせていたのもわかっている。やくざ者が丈助を殺したのであれば、おめえさんが命じたことになるな。となりゃあ、おめえさんもただでは済まない。お奉行所に召し捕られることになろうな」

徳兵衛の顔から、さっと血の気が引く。

自分が置かれている状況に、ようやく気がついたようである。煙管《きせる》を持った手が震え、声はうわずっていた。

「お、親分さん、お待ちください。あたしが命じて、丈助を殺させたのではございません」

「じゃあ、なぜ、やくざ者に丈助を追わせたのだ。たかが若い者の出奔じゃねぇか」

苦悩の表情を浮かべていた徳兵衛が、がっくり肩を落とした。もはや、観念したようである。

「最初から、包み隠さずお話しします」

「ほう、それは感心だ。じゃあ、わっしも、おめえさんを安心させてやろう。

丈助の死体は腹に刺された傷があり、晒し木綿を巻いていた。こちらの先生が検分して、この腹の刺し傷がもとで死んだとわかった。

おめえさんが放った追手が丈助を見つけたようだが、そのときはすでに、虫の息だったと思われる。二、三発は殴ったかもしれないが、それがもとで死んだわけではない」

「すると、あたしは……」

「おめえさんが殺させたわけではない、ということだ。だから、隠しだてをする必要はない。包み隠さず、しゃべりな」

徳兵衛が安堵のため息をついた。

顔に生気が戻り、そばを通りかかった女中に声をかける。

「おい、お茶を持ってきてくれ。なにか、茶請《ちゃう》けも頼むぞ。それに煙草盆《ぼん》もな」


伊織と辰治の前に茶と煙草盆、それに菓子を盛った高坏《たかつき》が置かれた。

煙草盆の火入れで煙管に火をつけ、一服したあと、辰治が言った。

「丈助は西田屋の奉公人だった。死体は、西田屋の主人が引き取るのが筋だな」

「え、しかし、それは……」

「心配しなさんな。わっしが手配をして、自身番の連中が死体を早桶《はやおけ》に詰め、もう寺に運んだ。おめえさんの手間をはぶいてやったぜ」

辰治がいかにも恩着せがましく言った。

それを聞き、徳兵衛は、ほっとしたようである。

「そうでしたか。ありがとうございました」

「ところで、女衒の又蔵が殺されたのは知っているな。こちらの先生の検分では、殺されたのは一昨日だ。

又蔵は西田屋に出入りしていたのか」

「根津のあちこちの女郎屋に出入りしていたはずです。もちろん、あたくしどもにも出入りしておりました」

「又蔵が丈助を殺し、丈助が又蔵を殺したと思われる」

「え、おたがいが相手を殺したのですか」

徳兵衛が眉をひそめる。

すぐには理解できないようだった。

やおら、辰治が言った。

「こちらの先生に、説明してもらおう。

先生、お願いしますよ」

「検死から読み解くと、こうです。

丈助は又蔵の家に押し入り、いきなり匕首で刺したのでしょうな。しかし、身をかわされ、左腕を刺しただけでした。そのあと、ふたりは揉みあいになり、匕首を奪おうとした又蔵は、右手の人差し指と中指が落ちかかっていました。おそらく、刃をつかんだのでしょう。

いったんは匕首を奪われ、丈助は腹部を刺されましたが、最後にまたもや奪い返し、丈助が又蔵の右胸を刺したのです。これが致命傷になり、又蔵はその場で死にました。

又蔵が死んだあと、丈助は簞笥から晒し木綿を引っ張りだして腹部の傷に巻きつけ、逃げだしたのです。興奮していたので、さほど痛みも感じなかったのでしょうな。自分では助かると思っていたのでしょう。

ところが、了源寺の門前まで来たところで、ついに力尽きたのです。

追手が倒れている丈助を見つけたときには、もう息も絶え絶えで、ほとんど意識もなかったはずです」

伊織の説明が終わった。

あとを、辰治が引き取る。

「丈助と又蔵が死んだ顚末《てんまつ》は、先生が言ったとおりだ。だがよ、なぜ丈助が又蔵の家に押し入ったのかが、わからねえ。また、なぜ丈助が追われていたのかもわからねえ。

おめえさんの口から、きちんと説明してくんな」

「はい、あたしは又蔵さんに、金をあずけたのです。丈助はそれを狙ったのでしょう」

「ほう、いくらだ」

「八十四両です」

「八十四両もの大金を、なぜ女衒にあずけたのだ」

「又蔵さんが女を仕入れてくるというので、いわば前貸ししたのです」

「女をいちどきに十人も、十五人も仕入れてくるというのか」

「いえ、ふたりですがね。これが、極上の上物《じようもの》でして」

「ほう、どう、上物なのだ」

辰治が好奇心をむきだしにする。

そばで聞きながら、伊織も信じられない気がした。吉原の妓楼に身売りする場合でも、女衒が娘の親に支払うのは、最高で三十両ほどと聞いていたのだ。

「美人の姉妹でしてね。親はかなりの商人だったのですが、商売に失敗したのです。親の難儀《なんぎ》を救うため、身売りをするわけです」

「世間にはよくある話だが、それぞれ何歳なのだ」

「姉が十六歳、妹が十四歳とか。又蔵さんがふたりまとめて九十両で話をまとめ、六両の手付を置いてきたのです。あと八十四両、出してくれと言われましてね。

もちろん、あたしもふたりで九十両は法外ですから、ためらったのです。しかし、又蔵さんは自信があるらしく、西田屋が駄目なら、ほかに持っていきかねない様子でしたので、あたしもつい押しきられてしまったのです」

「それにしても、まだ海の物とも山の物ともつかない娘っ子ふたりに、八十四両を賭《か》けたのか」

「これまでの付き合いから、又蔵さんの女の見立てがたしかなのは、わかっていました。又蔵さんはつい先月、女房に先立たれたのですが、あたしが後妻を世話し、近々、嫁入りの予定だったのです。

そんなこともあって、あたしは又蔵さんを信用したわけです」

「ふうむ、十六歳と十四歳の姉妹か」

辰治が意味ありげに笑った。

伊織もつい妄想《もうそう》が浮かんだが、とても口にはできない。

ところが、辰治はずばり切りだした。

「そういう場合、ふたり一緒に呼んで、『ちんちんかも』はできるのか」

ちんちんかもは性交の意である。

露骨な質問に、さすがに徳兵衛は下を向き、

「客人が望めば、そういうこともあるでしょうな」

と、無表情をたもつ。

一方、辰治の声は闊達《かったつ》だった。

「おめえさんには商売だ。恥じることはねえ。

寝床で姉と妹、両手に花、鶯《うぐいす》の谷渡りか。わっしも、味わってみたいものだ。

ただし、揚代はふたり分、別途に祝儀もはずまなければなるまいな。

姉妹で出ているのが評判になり、おめえさんは大儲《おおもう》けの算段だったんだろうが、気の毒に、あてが外れたな。

死んだ丈助は、金を持っていなかった。おそらく、逃げる途中、どこかに隠したんだろうよ。傷が回復したら取りに戻るつもりだったのだろうが、あえなく死んだ。

まあ、なにかの拍子に、ひょっこり見つかるかもしれないが、おめえさんのもとに戻るかどうか……

ともあれ、丈助が又蔵を殺し、又蔵が丈助を殺した。殺した男は、それぞれが

殺されて死んでいる。これで、この件は落着だ。おめえさんも安心しなせえ」

徳兵衛は憮然《ぶぜん》としている。

金が戻らないかぎり、徳兵衛には解決ではないのだ。

それでも、立ちあがる辰治を呼びとめ、袖の中にそっと懐紙《かいし》の包みを入れるのを忘れなかった。奉行所に呼びだされるのを、回避してもらった謝礼である。

「おう、すまねえな」

辰治は軽く礼を言う。

岡っ引にとって、こうした謝礼が大事な収入なのだ。

伊織は目を逸《そ》らし、見ぬふりをしていた。

＊

西田屋から外に出ると、助太郎と半六が待っていた。

ふたりとも、ちょっとばつの悪そうな顔をしている。

いつしか門前町の人出は増えている。軒を連ねる女郎屋も、にぎやかさを増していた。

あちこちに、屋台店が出ている。とうもろこしを醬油《しょうゆ》で付け焼きにする匂いや、するめを焼く匂いがただよい、食欲を刺激する。

天婦羅《てんぷら》の屋台店の前に、風呂敷包みを首からかけた商家の丁稚らしき少年が立っていた。串《くし》に刺した穴子《あなご》らしき天婦羅を天つゆにひたし、上に大根おろしを乗せ、いかにもおいしそうに食べている。使いの途中の買い食いであろう。

伊織はピンときた。

(助太郎と半六は、屋台店でなにやら食べていたのだな)

思いだすとおかしいし、懐《なつ》かしくもある。

伊織自身、京橋水谷町《きょうばしみずたにちょう》にある芝蘭堂からの帰り、仲間と屋台店で、よく立ち食いをした。鳴滝塾のころも、仲間と長崎の町に出ては、屋台店などで立ち食いをしたものだった。

歩きながら、伊織が言った。

「又蔵が死んだことで、どこやらの十六歳と十四歳の姉妹は、身売りをまぬかれたことになりますな」

「先生、又蔵が死んだことが伝われば、別な女衒が仕入れに行きますよ」

辰治が笑った。

伊織は、はっと気づいた。

「そうだな。姉妹の親が苦境にあるのは変わらないからな……」

自分の認識の甘さを思い知らされる。

仲介する女衒や、売られる先が変わるだけで、姉妹が身売りする運命は同じであろう。そう考えると、姉妹の境遇が痛ましい。

しかし、親は又蔵から手付として、六両をもらっている。又蔵が死んだので、返却する必要はない。六両あれば当面、ひと息つけるのではあるまいか。せめてもの慰《なぐさ》めだった。

「では、先生、ここで別れましょう。

鈴木の旦那には、丈助と又蔵が殺しあって死んだことを伝えます。これで一件落着ですな」

「うむ、鈴木さまによろしくお伝えしてくれ」

根津宮永町が途切れるあたりで別れる。

伊織は助太郎を供にして歩きながら、考え続けた。

（同心の鈴木順之助にしてみれば、二件の殺人はこれで解決したことになろう。だが、按摩の苫市にとっては、まだ危険は去っていない）

西田屋の主人はやはり、消えた八十四両があきらめきれないであろう。もしかしたら、三味線堀の近くで声をかけてきたふたり組は、まだ苫市を捜しているかもしれない。

では、どうすればいいか……。

八十四両は、西田屋徳兵衛が女郎屋稼業で得たもので、姉妹を仕入れるための資金だった。その意味では、忌《い》まわしい金と言えよう。徳兵衛という人間も、うとましい。

かといって、八十四両を横取りしていい、という理屈にはならない。

あくまで、徳兵衛の金なのだ。

十

朝から雨が降り続き、肌寒い。

沢村伊織はひとりで、根津権現の門前にある西田屋に向かった。左手に傘《かさ》を差している。足元は、裸足《はだし》に足駄《あしだ》だった。

雨のせいか、先日にくらべると、根津宮永町も門前町もさすがに人出が少ない。

なにより大きな違いは、人出というより、道端に屋台店が出ていないことであろう。

相変わらず、料理屋の二階座敷からは三味線の音色が響いてくる。雨が降ろうが、雪が降ろうが、男の遊びがやむことはないようだ。

伊織の前を、蓑笠姿の魚屋が天秤棒《てんびんぼう》を担いで歩いていたが、足元は裸足である。ぬかるみで跳ねたのか、ふくらはぎまで泥だらけだった。

天秤棒で前後につるした盤台《ばんだい》には魚が乗っていたが、鰈《かれい》のようである。雨に濡れているせいもあるのか、鰈はつやつやと光って見えた。

西田屋の前に立つ。

（苫市も納得している。これが最善の方法だ）

伊織は自分に言い聞かせたあと、暖簾をくぐった。

雨のせいか、中はやや薄暗い。

すぐに若い者が寄ってきた。

「いらっしゃりませ。お初めてで……え、たしか、お医者の……」

「さよう、蘭方医の沢村伊織です。主人の徳兵衛どのに、極内々の話があってまいった、とお伝え願いたい」

「へい、少々、お待ちを」

徳兵衛は相変わらず、どてら姿だった。

お部屋で徳兵衛と対面すると、伊織がまず切りだした。

「ここで話してかまいませぬか。茶も煙草盆も出せませぬが」

「けっこうです。ただし、茶も煙草盆も出せませぬが」


徳兵衛が慎重に言った。

女中も近寄らせないという意味であろう。その一方で、徳兵衛は若い者の居場所を、目で確かめている。いざとなれば、すぐに呼ぶつもりに違いない。

「どういう、お話ですかな」

「単刀直入に申しましょう。八十四両をお返ししたいのです」

「え、先生が……」

徳兵衛の目には、歓喜《かんき》より疑惑の色がある。

伊織が丈助を検死したとき、金の入った袋を盗んだとでも想像しているに違いない。

片手をあげて相手を制したあと、伊織が言った。

「まず、お聞きください。

丈助どのは、又蔵どのから八十四両を奪い、逃走しようとしました。ところが、腹部を刺されていたため、途中で意識が朦朧としてきました。金の入った袋を道に落としたのですが、それにも気づかなかったくらいです。そして、ついに倒れ、そのまま死にました。

ある人が、落ちていたその金を拾い、私に相談してきたのです。

『町奉行所に届け出ようと思う。付き添ってくれぬか』

というわけですな」

たちまち、徳兵衛の顔色が変わった。

町奉行所がかかわる事態だけは、避けたいに違いない。最終的に金が戻ってくるとしても、何度も町奉行所に呼びだされることになろう。

「岡っ引の辰治親分の調べで、死んだ男が西田屋の若い者の丈助らしいとわかりました。また、袋には西田屋の焼印があります。

たまたま、私は辰治親分に同行して、お手前にお目にかかりましたな。知らない仲ではありません。そこで、

『町奉行所に届け出ると、あとあと面倒です。その金が西田屋の物なのはあきら

かなので、私が西田屋の主人に掛けあいましょう』

と、引き受けたわけです」

「さようでしたか。ところで、金を拾った『ある人』とは、どなたなのですか」

「申せません。表に出ることはできない身分の方でしてね。

もし、どうしても名を知りたいというのであれば、この件は、これまでです。

私はこのまま帰り、ある人は町奉行所に届け出ます」

「わ、わかりました。もう、なにも訊《き》きますまい。

で、これから、どういう手筈《てはず》になりますか」

「ある人は、本来の持ち主にそっくり返すと申しております。しかし、私としては、せめて謝礼はしていただきたいと思っております」

「落し物を届けていただくわけですから、謝礼をするのは当然ですな。いかほどと考えればよろしいでしょうか」

「一割でどうでしょう」

「八十四両の一割といえば、八両と一分《ぶ》と……」

徳兵衛は暗算していたが、途中でそばの算盤《そろばん》に手を伸ばしそうになった。だが、すぐに手を戻した。

「切りのいいところで、謝礼として九両でいかがでしょう」

「けっこうですな」

「で、金はいまどこに」

「私は八十四両もの大金を持って、ひとりで歩く度胸はありません。ある人のもとにあります。

どうです、これから一緒に行きませんか。下谷七軒町ですから、さほど遠くはありません。ひとりでは不安なら、供を連れてもかまいませんぞ」

「わかりました、若い者に供をさせます」

「受け渡しの際、受取証文をいただきたいですな」

「はい、どう書けばよろしいですか」

「落とした八十四両を受け取ったこと、うち九両を謝礼に支払ったこと、ですな。日付は今日、受取人は西田屋徳兵衛です」

「わかりました、では、この場で」

徳兵衛がさっそく筆と硯、紙を引き寄せる。

小降りになっていたが、それでもまだ雨が降り続いている。

徳兵衛はどてらを脱ぎ、着物の上に合羽を着て、傘を差していた。足元は足駄《あしだ》である。

＊

供の若い者は蓑笠姿で、足元はやはり足駄だった。

連れだって歩くとはいえ、おたがい傘を差しているため、会話は難しい。

伊織にとっては、途中で徳兵衛の雑多な質問に答えなくていいため、かえって好都合だった。

三人は黙って歩く。

やがて、下谷七軒町の武家地になった。

道の両側に続く武家屋敷に目をやりながら、徳兵衛の目に不審と警戒の色がある。得体のしれない不安を感じているのかもしれない。

伊織が立ち止まったのは、家を借りている旗本の屋敷である。ただし日頃、利用している木戸門ではなく、これまで出入りしたこともない正門だった。

正門は堂々たる長屋門である。扉は固く閉じられていた。

「ここです」

伊織は徳兵衛に告げたあと、やや腰をかがめ、袖門《そでもん》をとんとんと叩いた。

門の内側から、

「どなたでござるか」

と、いかめしい声が返ってきた。

「私じゃ、伊織じゃ」

「へ〜い」

ギギギと軋《きし》み、袖門が開く。

伊織は徳兵衛を振り返り、

「ここで、待っていてください。すぐに金を持って、戻ります」

と言うや、身をかがめて袖門から中に入る。

徳兵衛は、

「はあ」

と返事をしながら、混乱しているようだった。伊織の正体がわからなくなってきたのであろう。

袖門から入ってきた伊織に、門番が小声で言った。

「どうでしたかね」

「うむ、なかなか、いかめしかった。この調子で頼むぞ」

じつは、旗本家の門番をしている中間《ちゆうげん》とはすでに顔見知りだったことから、今回の芝居を頼んだのである。

もちろん、大家である旗本家には内緒で、中間にはそれなりの謝礼をすることも約束していた。

門番のそばには助太郎がいた。

「先生、うまくいきましたか」

「うむ、例の物を」

助太郎がふところから革袋を出し、伊織に渡す。

伊織は袋の中の小判九枚をすばやく数えて抜きだしたあと、袖門をくぐって外に出た。

徳兵衛の不安そうな表情に、ほっとした色が浮かぶ。

「これです、確かめてください」

伊織が革袋を渡す。

徳兵衛は自分が差していた傘を若い者に渡し、頭上に掲げて雨を避けさせながら、まずは受け取った革袋の焼印を確かめる。

「うむ、間違いありませんな」

そのあと、徳兵衛が袋の中身を数えはじめたが、若い者が傘を差しかけているため、たとえ通行人が見かけても目立たない。

徳兵衛が袋をふところにおさめながら、

「たしかに七十五両、ございました。これは、受取証文です」

と、さきほど西田屋のお部屋で書いた受取証を渡す。

「よし、これで、すべて解決ですな。お手前は早々に帰ったほうがよろしいですぞ。このあたりは門前で話をしているだけで、咎められることがありますから」

「はい。ところで、先生は、こちらのお屋敷とは……」

徳兵衛が恐るおそる尋ねる。

伊織は平然と答えた。

「うむ、この屋敷内に住んでおります」

けっして嘘ではない。

だが、徳兵衛は誤解したようだった。

伊織が旗本家の次男か三男で、医者をしていると思ったに違いない。

やや恐懼《きょうく》の面持《おもも》ちで、言った。

「さようでしたか。知らなかったとはいえ、失礼をいたしました。

後日、あらためてご挨拶に」

「いや、無用です。というか、そんなことをされては、私が困るのです」

「そうでしたな、失礼しました。女郎屋風情《ふぜい》がお屋敷に押しかけては、ご迷惑ですな」

「そう言われると、恐縮ですが。

私の口からは、はっきりと申せませぬが、風儀の厳格な屋敷でしてね。私の立場を察していただくと、ありがたいのです」

「わかりました、では、あたくしはこれで」

徳兵衛と若い者は丁重に腰を折ったあと、立ち去る。

（よし、これで俺のことも、この屋敷のことも穿鑿《せんさく》しようとはしないであろう。

また、苫市を捜し続けているやくざ者にも、徳兵衛が中止を伝えるはず）

伊織は安堵のため息をついた。

十一

稲荷長屋の入口近くに、小さな稲荷社がある。沢村伊織は、これが長屋の名前の由来であろうと思った。

木戸を通り、路地を進むと、助太郎が言ったように、

あんま　とま市

と書いた腰高障子が目についた。大家の手になるらしいが、なかなかの達筆だった。

声をかけると、

「へい、入ってくださいな」

と返事がある。

伊織が小さな土間に足を踏み入れると、薄暗い六畳の部屋の中ほどに、苫市がぽつねんと座っていた。

部屋の中を見渡しながら、伊織はぽつねんと感じた理由がわかった。家財道具がほとんどないのだ。

台所のそばの土間に水瓶《みずがめ》が置かれ、柄杓が添えられていたが、へっついには釜も鍋もない。台所にはおひつと茶碗、小皿、箸《はし》が置かれているだけだった。苫市は自炊はしないので、それで充分なのであろう。

部屋の片隅に、たたんだ蒲団を隠す枕屛風があった。しかし、枕屛風の手前に、布団が敷きっぱなしになっていた。

部屋の隅に、行李《こうり》が置かれている。とくに、簞笥はない。この行李にすべての衣類がおさまっているのであろう。

どんな貧乏長屋の部屋にもかならずあるはずの行灯《あんどん》や瓦灯《がとう》がなかったが、照明は、苫市には必要のない品である。行灯がないことも、妙に部屋を広く感じさせる理由かもしれなかった。

「汚いところですが、あがってくださいな」

そう言いながら、苫市があわてて蒲団をたたもうとしている。

「おい、よせよせ、気にすることはないぞ。私はここのほうがよいのだ。明るいからな」

伊織は上框に腰をおろしながら、そばに盛り蕎麦の容器が置かれているのに気づいた。蕎麦屋から出前を頼んだようである。

「へい、では、あたしがそちらに」

苫市が上框のほうに、にじり寄ってきた。

「まず、額の傷の具合を診よう」

伊織は巻いていた晒し木綿を解き、確かめる。

すでに傷はふさがっていた。

「うむ、もう包帯は必要ない。ただし、額に傷跡が残るだろうな」

「へへ、『向う疵《きず》の苫市』と呼ばれるようになるかもしれませんね」

苫市が額を撫でながら言った。

伊織はあたりの気配をさぐりながら、

「さて、肝心の話だが」

と、小声で言った。

裏長屋の壁は薄いため、部屋の中の話し声や物音は、ほとんど隣に筒抜《つつぬ》けである。伊織はこれからの話題が、盗み聞きされるのを用心したのだ。

右隣からは、赤ん坊の泣き声が聞こえてくる。左隣では女房が、路地で遊んでいる子どもを叱りつけていた。

（このぶんだと、小声で話せば聞き取れまい）

そう判断し、伊織が話しはじめる。

「例の件だ。打ちあわせたとおり、そなたの名は出さず、ある人が道で拾ったことにした。落し物を、私が代理で西田屋に届けたわけだ。落し物を届けた謝礼として、一割を受け取った。手を出すがいい」

苫市が出した両手に、伊織が小判九枚を乗せてやる。

両手の上の小判を確かめ、苫市の顔に笑みが浮かぶ。

「でも、一割より多いのでは」

「先方が、切りのいいところでと、九両にしてくれた」

「そうでしたか。では、これを先生とあたしで半分にして、四両と二分ずつにしましょう」

「私はもらうわけにはいかぬ。拾ったことにしても、拾ったのはあくまで、そなただからな」

「しかし、先生には怪我の手当てもしてもらいましたし、泊めてもらいましたし。西田屋と掛けあったのも先生です。すべて、先生のおかげですから。

では、治療費として二両、受け取ってください。そうしないと、あたしも気持ちがおさまりません。お願いします」

苦市が頭をさげる。

「そうか、では、遠慮なくいただこう。しかし、ずいぶん高い治療費だな。評判の名医になった気分だぞ」

伊織は笑いながら、二両を受け取る。

両隣の赤ん坊の泣き声と、女房の怒鳴り声はまだ続いていた。やはり、伊織と苦市の話し声が盗み聞きされた恐れは、まったくないであろう。

最後に、伊織が言った。

「もう、そなたを追う者はいない。夜、商売に出かけても心配はないぞ」

「へへ、七両ありますからね」

苦市がにんまり笑う。

伊織は、大金を手にした苦市が按摩稼業は忘れて、狂ったように女郎買いをはじめるのではなかろうかと、急に心配になった。

しかし、それこそよけいなお世話というものであろう。

「では、私は帰るぞ」

伊織は上框から腰をあげた。

十二

稲荷長屋から戻ってきた沢村伊織は、自分が住む旗本屋敷の木戸門の近くに、四手駕籠《よつでかご》が停まっているのを見た。

ふたりの人足は駕籠のそばにしゃがみ、所在なげに煙管をくゆらせている。

(妙だな、なにをしているのだろうか)

一帯は武家地のため通行人は少なく、四手駕籠が客待ちをする場所にはふさわしくない。

伊織はちょっと疑問だったが、人足に問いただすほどのことでもない。木戸門をくぐり、我が家に向かう。

「先生、お待ちしておりました」

声を張りあげ、家の中から少年が飛びだしてきた。

浅草花川戸町《はなかわどちょう》の呉服屋、後藤屋《ごとうや》の丁稚の定吉《さだきち》である。

家の入口あたりにいて、伊織が戻ってくるのをじっと見張っていたのであろう。

（ああ、これでわかった。また、なにか事件かな）

定吉が迎えにきたのだ。駕籠は伊織用であろう。

伊織はため息をつきたい一方で、ちょっと浮き浮きした気分がこみあげてくるのを感じる。

「おう、だいぶ待たせたか」

「はい、じりじりしていました」

定吉が口をとがらせる。

伊織はちらと家の中を見た。

いつもなら、用事があるときは女中のお竹《たけ》が来て、定吉はその供だった。

「そなた、ひとりか」

「はい。お竹さんは、お嬢さまの看病があるので、出られないのです」

「え、看病？　お園《その》どのが、どうかしたのか」

「重い病気の、重病なのです。それで、先生に往診をお願いにきました。外に、駕籠を待たせています」

伊織は背筋に、すーっと冷気が走る気がした。

定吉の言葉の誤りを訂正する余裕もない。

「わかった、もちろん、すぐ行く。で、どんな具合なのだ。そなたの知っている範囲で教えてくれ。持っていく物の用意もあるからな」

「お嬢さまの身体に赤いぶつぶつができたようです。わたしは見たわけじゃありませんし、お竹さんもくわしくは教えてくれないので、よくわからないのですが。でも、廊下を歩いているとき、部屋でお嬢さまとお竹さんが話しているのが聞こえたのです。

お嬢さまは、こう言っていました。

『あたしは、赤鬼や茹蛸《ゆでだこ》のように、身体中が真っ赤になって死ぬに違いないわ』

『なにを馬鹿なことを言っているのですか。気をしっかりお持ちなさい。お医者に診《み》てもらえば、すぐに治《なお》ります。

もし、お医者でも無理なら、あたしが神社やお寺に、お百度参りをして治してみせます。しっかりなさい』

お竹さんが、こう叱りつけていました。

面と向かってお嬢さまを叱れるのは、お竹さんぐらいですから」

定吉が精一杯の説明をした。

伊織は、光景が目に浮かぶようだった。

「よし、すぐに用意をする」

家の中に飛びこむと、伊織は二階から薬箱を持って降りた。定吉の話を聞いたかぎりでは切開手術は必要なさそうなので、蘭引は用意しない。

あわただしく外出の準備をする伊織に、下女のお末が心配そうに言った。

「先生、お嬢さんの命を救ってあげてくださいね」

「品があって、きれいで、明るいお嬢さんでしたなぁ」

下男の虎吉がしみじみと言う。

お園は一度、お竹や定吉を引き連れ、伊織の家を訪れたことがある。お末と虎吉には、そのときのお園の印象が鮮烈に残っているようだった。

それにしても、定吉はふたりに、お園の病状をどのように説明したのだろうか。

お末はお園が生死の境にあると案じているし、虎吉は早くもお園を偲《しの》んでいる。

ふたりは誤解しているとしても、そのおおげさな言葉に、伊織は急《せ》きたてられるような気分になった。

家を出ると、薬箱を定吉にあずけ、伊織は用意された駕籠に乗る。

駕籠に揺られながら、伊織はお園の症状を考えていて、いきなり頭部をガンと殴られた気がした。

（まさか、黴瘡《ばいそう》では）

思いついた途端に、伊織は胸苦しくなった。顔から血の気が引く。

黴瘡は、性病の梅毒《ばいどく》のことである。

伊織は鳴滝塾時代、悲惨な黴瘡の患者をたくさん見ていた。

黴瘡の初期症状は、性器の周辺などに小さな赤い粒々ができるだけで、さほど目立たない。ところが、症状が進むにつれて、状態は悲惨《ひさん》になる。

シーボルトに治療を求めてきた黴瘡の患者は、みな後期症状だった。もはや漢方医《かんぽうい》に見放され、切羽《せっぱ》詰まってシーボルトに助けを求めてきたのだ。

しかし、シーボルトも黴瘡を完治させることはできなかった。悲惨な症状を緩和《かんわ》させる、対症療法をほどこすにとどまった。

黴瘡は性交渉によって感染する、不治《ふち》の病《やまい》である。

（まさか、そんなことはあるまい。いや、絶対にありえないことではない）

お園は十六歳である。

ありえないことではなかった。

伊織は、口がからからに乾くのを覚えた。手のひらにじっとりと汗が滲《にじ》む。駕籠かき人足の歩みがもどかしい。

「へい、ほう」

という人足ののんびりした掛け声を聞いていると、伊織は駕籠を飛びだし、走りだしたくなる。

（落ち着け、落ち着け）

駕籠の中で、伊織は懸命に自分に言い聞かせた。

＊

浅草花川戸町の後藤屋に着くと、路地を通って裏門に案内された。

裏門から、黒板塀に囲まれた敷地内に入り、裏口から建物内にあがる。廊下をやや進んだところで、定吉が声をかける。

「お竹さん、先生をお連れしました」

すぐに障子が開き、お竹が廊下に出てきた。

いつもとは違って、表情が険《けわ》しい。

お竹は薬箱を受け取ると、

「ご苦労だったね、もう、いいよ」

と、定吉を追い払った。

そして、

「どうぞ、お入りください」

と、伊織を部屋に招き入れる。

伊織も、お園の部屋は初めてである。

それまで横になっていたようだが、お園は蒲団の上に座っていた。

「あら、先生、わざわざお越しいただきまして」

沈んだ声だった。

伊織はすぐに、お園の顔から首筋にかけて赤らんでいるのに気づいた。

挨拶もそこそこに、蒲団のそばに座り、

「熱はありますかな」

と言いながら、お園の額に手をあてた。

とくに熱を発している様子はない。続いて、手首を取って脈を確かめながら、
赤味が差している顔と首筋を観察する。

皮膚に赤い粒々が生じていた。

（黴瘡とは違うかもしれない）

伊織は鳴滝塾で、黴瘡の初期症状を診ていた。症状である小さな赤い隆起《りゅうき》は、コリコリしている。

顕著な黴瘡の兆候《ちょうこう》ではないが、まだ安心はできない。黴瘡の初期症状はおもに性器の周辺に出現するのだ。

「いつからですか」

「今日の、お昼過ぎからです。頭痛がして、ちょっと吐き気もして。あたしが気分が悪いと言ったら、お竹が気づいて、

『あら、お嬢さま、どうしたんです。顔や首筋が赤いじゃないですか』

と言うのです。

お竹に言われるまで、あたしは赤くなっているのに気づきませんでした」

「ふうむ、できれば、身体も見せていただきたい」

「え、裸になれってことですか」

「さよう」

「男の前で裸になるなぞ、はしたない」

「私は医者ですぞ」

「医者でも男に変わりはありません。裸を見られるなんぞ、恥ずかしくって、できません」

お園の顔はさらに赤みを帯び、まるで金時《きんとき》のようである。

伊織は困惑したが、ふと、シーボルトが鳴滝塾で、裸になるのを恥ずかしがる武士の娘を説き伏せたときの機知を思いだした。

さっそく、応用する。

「恥ずかしいのは、男に見られているのがわかるからです。では、そなたは目を閉じているとよろしい。そうすれば、私が見ているのはわかりませぬ」

お園は一瞬、きょとんとした表情になった。

続いて、

「そうだわね」

と言いながら、すっくと立ちあがった。

くるりと伊織に背を向ける。

「目をつぶって脱ぐから、お竹、手伝っておくれ」

目を閉じるや、早くも帯を解きはじめる。

あわてて、お竹が帯を受け取る。続いて、振袖《ふりそで》を脱ぎ、さらに長襦袢《ながじゅばん》まで脱いで、ついに湯文字《ゆもじ》だけになった。

湯文字は、大店《おおだな》の娘だけに白縮緬《しろちりめん》である。

伊織が「それは脱がなくてよろしい」という前に、お園はさっさと湯文字まで外してしまった。はらりと足元に落ちた湯文字を、お竹が急いで拾いあげる。

いまや、お園は全裸だった。

伊織は息を呑んだ。のびやかな肢体《したい》で、皮膚はつややかな張りがある。

胸の鼓動が速くなったが、伊織は静かに深呼吸をして、自分を落ち着かせた。

目を近づけて観察する。うなじに赤い粒々があったが、背中と臀部《でんぶ》はきれいだった。

「最後に、こちらを向いてくだされ。もちろん、目はつぶったままですぞ」

「はい」

お園はあっさり伊織のほうに向きなおった。

まず、乳房に目が行く。小ぶりな乳房には、熟す直前の果物のようなみずみずしさがあった。くびれた腰、その下の両腿《もも》の付け根には薄々とした陰毛がある。

伊織は首を振って邪念《じゃねん》を払い、胸、乳房、腹部、下腹部と見ていく。陰毛のまわりにも、赤い粒々は見あたらない。

(うむ、黴瘡ではない)

伊織は安堵のため息をついた。全身から力が抜ける。

同時に、顔が上気し、どっと汗が出てくる。目の前に、全裸のお園が立っているのだ。

「もう、着物を着てよろしいですぞ」

あわてて言ったが、その声はややかすれていた。

お竹が手伝い、お園が着物を着る。

今度は、伊織が目を逸らした。

部屋の隅に衣装簞笥が置かれ、その横に琴《こと》が立てかけられている。庶民の娘が稽古をするのはもっぱら三味線である。琴の稽古をするなど、大店の娘ならではだった。


着付けを終えて座ったお園に向かい、伊織が言った。

「悪性のものではありません。安心なさい。

ところで、お昼過ぎから気分が悪くなったとのことでしたが、昼食後ということですか」

「はい、そうです」

「昼は、なにを食べたのですか」

「じつは、内緒で、屋台の、寿司《すし》を……」

お園の答えは、いつになく歯切れが悪い。

そばで聞いていて焦《じ》れったいのか、お竹が説明をはじめる。

「お昼前、お嬢さまのお供をして、浅草広小路《ひろこうじ》に買い物に行ったのです。道端に、寿司の屋台店が出ていましてね。お嬢さまが見て、食べたいとおっしゃったのですが、まさか立ち食いはできませんから。寿司を竹の皮《かわ》に包んでもらって持ち帰り、ここでこっそり食べたのです。屋台の食べ物を口にしたのが知れると、旦那さまに叱られますから」

「なるほど。それで、どんな寿司を食べたのですか」

「あたし、なにを食べたかしらね」

なんとも頼りない言い分だが、食後に気分が悪くなったこともあり、やや混乱しているようだった。

またもや、お竹が説明する。

「玉子焼、穴子の甘煮、小肌《こはだ》、白魚《しらうお》、鮪《まぐろ》の刺身、海苔巻《のりまき》だったと思います。ただし、分けて食べましたから、お嬢さまが召し上がったのは、玉子焼、小肌、鮪です」

「ふうむ、わかりました」

握り寿司のねたに生魚《なまざかな》があるのを知り、伊織はおそらく食中毒の一種であろうと判断した。原因は鮪かもしれない。

「食あたりでしょうな。魚の鮮度が悪かったのかもしれません。薬を処方します。薬を煎《せん》じて飲めば、すぐに赤い粒々は消えます。ただし、当分のあいだ、生の魚は口にしないほうがよろしいですぞ。再発すると、もっとひどくなりかねません」

伊織は今後の注意をしながら、処方する漢方薬を考える。

父親の沢村碩庵《せきあん》が漢方医だったことから、伊織は幼いころから漢方医学の英才教育を受けていた。そのため、漢方薬も理解している。

（黄連解毒湯《おうれんげどくとう》を処方しようか）

配合する生薬は黄芩《おうごん》、黄連《おうれん》、山梔子《さんしし》、黄柏《おうばく》のはずだが、記憶に頼るのは危険である。家に帰ってから、帳面で確認しなければなるまい。

「では、急いだほうがよいので、家に帰ってから、さっそく薬を調合しましょう。誰か、受け取りに寄こしてください」

「では、定《さだ》どんに頼みましょう。先生と一緒に行かせます」

お竹が立ちあがり、定吉を呼びにいく。

部屋にふたりきりで取り残された途端、お園は目を伏せて、口もきかない。

さきほどは大胆に全裸になったものの、いまになって、急に恥ずかしさがこみあげてきたようだった。

第二章　白骨の死体

一

「おや、苫市さんじゃないか。どうしたんだい、見違えたね」

台所で、下女のお末が驚きの声をあげた。

按摩の苫市が女連れで現われたのだ。

そのとき、沢村伊織は助太郎の手習いの最中だった。

苫市の姿を見やって、衣装が新しいのに気づいた。

着物は万筋《まんすじ》の袷《あわせ》で、袴《はかま》は虎吉が接ぎをあてたよれよれではない。もちろん、新しいと言っても、呉服屋であつらえたのではなく、古着屋で買った着物と袴であろうが。

いでたち以上に、寄り添っている女が気になる。苫市より数歳、年下のようだった。丸顔で、髪は丸髷《まるまげ》に結《ゆ》っている。

「そんなところに立っていないで、あがるがいい」

伊織が声をかけた。

苫市が女になにかささやいた。

続いて、女が苫市の耳にささやく。

「お客がいるのですか」

苫市が言った。

これで、来客の気配を察した苫市が、隣の女に室内の様子を確かめたのがわかった。女が様子を見てとり、苫市に伝えているのだ。

ふたりの間柄《あいだがら》は、いかにも睦《むつ》まじい。

「いるのは客ではない、助太郎だ。遠慮することはないぞ」

「いえ、助太郎さんだとしたら、蘭学の稽古《けいこ》中ですよね。邪魔をしては申しわけないので、あたしはここでかまいません。ご挨拶《あいさつ》をするだけですから」

当の助太郎は筆を握ったまま、なんともきまりの悪そうな顔をしている。振り向きたいのを、懸命におさえているようだ。

伊織も苦笑をこらえ、

「そうか、では、私のほうから、そちらへ行こう」
と、上框《あがりかまち》のところまで出ていった。
土間に立った苦市は右手には杖《つえ》を持っていたが、左手は女の肩に乗せている。
「いつぞやは、ありがとうございました。今日はご挨拶と言いますか、先生には
お知らせしておかねばならないと思ったものですから。
じつは、女房をもらいましてね。へへ、熊《くま》といいます」
苫市が照れ笑いをする。
寄り添って立つ女が頭をさげた。
「熊でございます」
「ほう、それはめでたい。ちっとも知らなかったぞ」
「お熊は町内の一膳飯屋に下女奉公していたのですが、仲人《なこうど》をしてくれる人がい
ましてね。あたしはときどき、その一膳飯屋で飯を食っていたのですが、お熊と
は話をしたこともありませんでした。ところが、お熊はあたしのことを知ってい
たようでしてね。
仲人がお熊に、
『按摩の苫市はどうだ。おめえさえよければ、俺が仲人してやるぞ』

と言ったところ、

『苫市さんなら、へい、お願いします』

と答えたそうでしてね」

いつしか、のろけ話になっている。

横で、お熊は顔を赤らめていた。

台所で聞きながら、お末はくすくす笑っている。

「めでたい話ではないか。それで、いまも稲荷長屋に住んでいるのか」

「じつは、稲荷長屋の中で引っ越しをしまして。二階長屋に移りました。

二階長屋と言いましても、一階が八畳と二畳、二階が八畳なのですがね」

伊織は先日、稲荷長屋を訪ねたときの光景を思いだした。

木戸門をくぐると、路地の左右には平屋の長屋が続いていたが、やや奥まった場所にちょっとした広場があり、そこに井戸、総後架《そうこうか》、ごみ捨て場があった。そして、その広場の向こうに、二階長屋が建っていた。

「ほう、一階と二階に部屋があれば、広くなるな」

「あたしも夜の町を流して歩くのは、もうやめようと思いましてね。一階で按摩をして、二階は夫婦の住まいにするつもりなのです」

「ほう、家で按摩所をやるつもりか。うむ、それはいい、そなたの腕があれば、きっと繁盛すると思うぞ」

「女房をもらえたのも、按摩所を開けたのも、あたしがコツコツ貯めた金があったからなのですがね」

苫市が意味ありげに笑う。

伊織はすぐに、その意味がわかった。根津の女郎屋の西田屋から謝礼としてもらった七両を、苫市は賢く使ったと言えよう。

「うむ、感心したぞ。そなたの金の使い方は賢明《けんめい》だ」

「へへ、そんなわけですから、先生、もし按摩を受けたいときは、稲荷長屋まで来てくださいな。そのうち、弟子《でし》も持とうと思っています。

では、これで。

おい、あれを出しな」

苫市の言葉に応じて、お熊が左手にさげていた竹籠《たけかご》を上框に置いた。

竹籠には青笹《あおざさ》が敷かれ、その上につやつやと光る数尾《すうび》の大きな鰈《かれい》がのっている。

「おいおい、気を使いすぎだぞ」

「いえ、せめてもの、あたしの気持ちです。お受け取りください」

苫市が頭をさげる。

同時に、お熊も頭をさげた。

＊

食欲を刺激する、煮魚の香りがただよっている。

お末がさっそく鰈を煮つけにしたのだ。

手習いを終え、帰り支度をはじめた助太郎に、伊織が言った。

「そうだ、せっかくだから、そなたも昼飯を食っていくがよい」

「いえ、わたしは家に帰ると、昼飯がありますから」

「遠慮するな。苫市の件では、そなたにも手伝ってもらった。そなたが食べたのを知ると、苫市もきっと喜ぶぞ」

「そうですか、では、いただきます。鰈の煮つけは、一年ぶりくらいです」

助太郎が嬉《うれ》しそうに笑った。

横から、虎吉が、

「あっしなんぞ、三年ぶりくらいだよ」

と、言葉に力をこめる。

かつて大工をしていたころ、虎吉は煮売酒屋や鰻屋《うなぎや》などで食べ物に贅沢《ぜいたく》をしていたに違いない。屋台店などでも、天婦羅《てんぷら》や寿司《すし》の立ち食いをしていたろう。そのころからすると、いまの日々の食事は粗末そのものかもしれない。

伊織の家では、普段の昼食のおかずは、鹿尾菜《ひじき》と油揚《あぶらあげ》の煮つけか、せいぜい薄く切った豆腐《とうふ》を醬油《しょうゆ》と酒で煮た、八杯豆腐だった。おかずに魚がつくのは、滅多にない。

この食事の質素さは、助太郎の実家の越後屋でも同じであろう。

商家では、おかずに魚がつくのは一日、十五日、二十八日の月に三回で、これを俗に「三日《さんじつ》」と言った。下級武士の屋敷でも、魚がつくのは月に「三日」が普通だった。

「さあ、召しあがってください」

お末がそれぞれの前に膳を配る。

膳には飯椀、鰈の煮つけを入れた皿、そして沢庵《たくあん》の小皿があった。

醬油で煮つけているため、鰈は真っ黒な汁に浸《ひた》っている。

さっそく伊織が箸《はし》で鰈をほぐすと、まぶしいほど純白な身が現われた。その純白の身を黒い煮汁につけたあと、口に運ぶ。

煮汁は醤油だけでなく、酒と味醂《みりん》を加えているため、汁は塩辛さのなかに甘みを含んでいた。さらに、生姜《しょうが》を一緒に煮こんで、臭《くさ》みを緩和《かんわ》している。

（う〜ん、うまいな）

伊織は思わず顔をほころばせた。

鰈の味が口の中に広がった途端、飯を食べたくなる。そして、飯を食べた途端、鰈の身を食べたくなる。

煮魚が飯をおいしくし、飯が煮魚をおいしくする。食が進むとは、まさにこのことであろう。

見ると、助太郎の食欲は旺盛《おうせい》だった。たちまち、二杯の飯をたいらげ、

「お末さん、おかわりできますか」

と、飯椀を突きだす。

「はい、はい、できますよ」

お末は笑いながら、三杯目を助太郎に渡したあと、

「これで、空っぽですからね」

と、櫃《ひつ》を持ちあげ、中身を見せた。

「ええ、空っぽか」

虎吉があきれている。

そのあと、しみじみと付け加えた。

「そういえば、あっしは助太郎さんの歳のころには大工の徒弟《とてい》をしていましたが、三杯、四杯の飯をぺろりと、たいらげていましたからね」

江戸では、早朝、一日分の飯を炊くのが一般的である。そのため、朝食は炊きたての飯を食べたが、昼食や夕食は、冷や飯を湯漬けや茶漬けにして食べる。

伊織の家でも朝、お末が一日分の飯を炊いていた。今日は、昼食の時点で、早くも一日分の飯がなくなったことになる。

お末は夕食用に、また飯炊きをしなければならないのだが、迷惑そうな様子は微塵《みじん》もない。自分の作った煮魚で助太郎が飯を貪《むさぼ》り食っているさまが、嬉しくてたまらないようだった。

「これが最後か。じゃあ、大事に食べなくては」

助太郎は飯に、湯の代わりに煮汁をかけ、食べはじめる。

伊織は内心苦笑しながら、自分は飯のおかわりを断念した。

二

さきほど帰ったはずの助太郎が、土間に飛びこんできた。

「おや、どうしたんだい。忘れ物かい」

下女のお末が驚いて顔をあげた。

台所で、ちょうど鰈の煮つけの骨の始末をしているところだった。

お末の問いかけには返事もせず、助太郎は土間に立ったまま叫《さけ》ぶ。

「先生、岡っ引の辰治親分ですよ」

「親分がどうかしたのか」

辰治と聞いて、すぐにその用事は予想できたが、あえて沢村伊織はのんびりかまえた。

助太郎が、興奮気味に言った。

「辰治親分がこちらに歩いてきます」

「親分がこのあたりを歩くこともあろうよ。ここに来るとはかぎらないぞ」

伊織は笑いをこらえて言う。

助太郎がややむきになり、言いつのった。

「でも、わたしの顔を見て、にやりと笑いましたよ。あの笑いは、きっと意味があります」

「親分も、そなたの顔は見覚えているだろうからな。きっと、会えて嬉しかったのだろうよ」

その伊織の言葉が終わらないうち、辰治が姿を現わした。

初めてではないので、まったく遠慮がない。

ずかずかと土間に足を踏み入れるや、匂《にお》いで気づいたのか、お末が始末している鰈の骨にちらりと目をやった。

「ほう、魚の骨か。よほど骨に縁のある日だな。

先生、骨をちょいと検分していただけませんかね。

骨と言っても、もちろん、魚の骨じゃありません。人間の骨ですがね。

ちっと奇妙なことがありまして。鈴木の旦那《だんな》も頭をひねったあげく、

『おい、先生を呼んでこい』

となったのですよ」

辰治の言葉を聞き終えるや、助太郎の顔が輝く。

「わたしが薬箱を持ってお供します」

「しかし、そなたは昼飯を食ったら、越後屋に戻る予定だったではないか。太郎右衛門さんが知ったら、怒るぞ」

「それは心配ありません。先生のお供をしたと言えば、お父《と》っさんはなにも言いませんから」

助太郎は自信たっぷりである。

伊織の供をして検死におもむくのが、楽しくてしかたないようだ。

押しきられる形で、伊織もうなずく。

「では、供を頼もうか」

たしかに、薬箱を持ってもらえるのは助かる。

＊

「佐久間町《さくまちょう》二丁目ですがね」

歩きながら辰治が言った。

伊織は、ピンとこなかった。

「どのあたりかな」

「こちらから見ると、神田川の手前です。藤堂さまとは道一本へだてただけの、町屋ですがね」

「ほう、藤堂さまの近くか」

先日、按摩の苫市がふたり組をやりすごすため、とっさに「藤堂さま」を口にしたのを思いだした。

やがて、藤堂さまこと、津藩藤堂家の上屋敷が見えてきた。

高い塀に沿った道には、ときおり行商人が行きすぎるほか、人通りは少ない。

俵《たわら》を満載した大八車とすれ違った。神田川の河岸場《かしば》でおろした荷であろうか。ひとりが引っぱり、もうひとりがあとから押していた。

やがて、塀《へい》が途切れる。

「あの道の向こう側が、佐久間町ですよ」

辰治が前方の道を指さした。

遠くから見ただけで、佐久間町のにぎわいがわかる。行き交う人々があきらかに多い。

道を横切り、町屋に入る。商人のほかに、職人の姿が目立った。

「ほう、材木屋が多いな」

伊織は、あちこちに材木が立てかけられているのを見た。

一帯に職人が目立つのは、材木屋へ出入りしているからであろう。

辰治が説明する。

「材木屋のほか、薪《まき》や炭《すみ》を扱う店もたくさんありましてね。そのため、火事はしょっちゅうですぜ。佐久間町が火元になった大火事は、これまでたくさんありますからね。あまりに失火が多いので、佐久間町ならぬ、『悪魔町』などと呼ばれているくらいです。

さて、そろそろですがね。

鈴木の旦那は、自身番にいます。いまごろのんびり、茶でも飲んでいるのでしような」

しばらく歩くと、表に突棒《つくぼう》、刺股《さすまた》、袖搦《そでがらみ》の三つ道具を立てた、自身番があった。

低い柵囲いの内側は玉砂利《たまじゃり》が敷かれていて、入口に向かおうとすれば、音を立てる。

入口には引違えの腰高障子《こしだかしょうじ》があり、片方に「自身番」、もう一方に「佐久間町」と墨《すみ》で書かれていた。

辰治が足元をじゃりじゃりさせながら、声を張りあげた。

「旦那、先生をお連れしましたぜ」

腰高障子が開いて、同心の鈴木順之助が顔を出した。

「おう、先生、ご足労をかけましたな」

そう言いながら、雪駄《せった》に足を通す。

鈴木に続いて出てきた、町役人らしき男は、

「藤左衛門《とうざえもん》でございます」

と名乗った。

五十代初めで、羽織《はおり》姿である。頭はほとんど禿《は》げ、ようやく後頭部に結った髷《まげ》は真っ白だった。

三

めざす場所は、自身番からは歩いてすぐだった。

材木屋の材木置き場に、ぽっかり空き地があり、筵《むしろ》が敷かれている。そばに、いびつな形をした穴があった。

「おい、筵をめくりな」

鈴木順之助の言葉に従い、辰治が筵をめくる。

現われたのは白骨《はっこつ》だった。

目にした途端、

「はっ」

と、動揺したのは助太郎である。やはり、初めて目にする白骨に、衝撃を受けたようだ。

伊織は芝蘭堂で、そのあとは鳴滝塾で、しばしば人体の骨格模型を見ているため、驚きはまったくない。ざっと見ただけで、骨の主要部分は残っているのがわかった。

子細に検分するため、薬箱から出した虫眼鏡《むしめがね》を手にして、伊織がしゃがむ。その横に、同じく鈴木がしゃがんだ。

「この骨からわかることを、教えていただきたい」

「そこの穴から掘りだされたのですか」

「さよう、昨日ですがね。奉公人が材木を動かしているとき、足元が妙なのに気づいたそうで。気になって掘ってみたら、骨が出てきたというわけです。埋め方が浅かったからでしょうな」

「まず、性別ですが、頭蓋骨《ずがいこつ》や骨盤《こつばん》の形から見て、男なのはたしかです」

「年齢は」

「子どもではないが、老人でもない。確実に申せるのは、そこまでですね」

「死んで、どれくらい経つでしょうか」

「それを判定するのは、かなり難しいですね。

季節にもよりますが、地上に放置された死体は、およそ三か月で完全に白骨化します。

しかし、地中の死体は白骨化するのに、時間がかかるのです。最低でも、丸二年はかかるでしょうね。ですから、死亡して埋められたのは二年前でしょうか。もしかしたら、五年前かもしれません。そのあたりは、なんとも判断ができかねます」

「すると、二年以上、昔ということですな」

そう述べる鈴木の声に、やや異様な響きがある。

伊織は相手が言葉を続けるのを待ったが、鈴木はなにも言わない。眉《まゆ》をひそめ、何事かを考えているようだった。

ややあって、鈴木が口を開いた。

「死因はわかりますか」

「首を絞められて死んだ場合や、腹部を刺されて死んだ場合などは、すでに白骨になっているので、見きわめるのは不可能ですね。しかし、骨になんらかの痕跡《こんせき》がないか、見ていきましょう」

伊織が頭蓋骨を手に取り、虫眼鏡で子細に見ていく。

頭部に、骨が砕《くだ》けている箇所があるのを示した。

「硬い物で殴打《おうだ》されたようです。やや重なっていますが、殴打の跡が、もう一か所あります。おそらく、これが死因だと思われます。脳に損傷があったはずですが、骨だけなので、そのへんはわかりません」

「ふうむ。そのほか、見て取れる身体の特徴はありませぬか」

鈴木にうながされ、伊織は頭蓋骨以外の骨を、すべて点検していく。

しかし、もう骨からわかることはなかった。

鈴木が、同行している町役人の藤左衛門に言った。

「骨のほかに、出てきた物はあるか」

「はい、確かめてきましょう。少々、お待ちください」

そう言うや、藤左衛門が材木屋の店のほうに行った。

あらためて、鈴木が伊織に説明する。

「拙者《せっしゃ》は朝、骨をざっと検分したあと、自身番に戻りましたが、その際、まわりを掘り返して、手がかりになる品がないか調べるよう、言い置いていたのです」

「なるほど、周到《しゅうとう》ですな」

ややあって藤左衛門が、材木屋の丁稚らしき男を連れて戻ってきた。

丁稚は両手で、大きな竹製の笊《ざる》を抱えていた。

「言われたとおり、笊の中に入れてふるい、泥を払い落としました」

そう言いながら、鈴木と伊織、辰治の前に笊を置いた。そばに藤左衛門もかがみ、のぞきこむ。

笊の中には五、六点の品があった。泥で汚れているとはいえ、ひと目でわかる物もある。

さっそく鈴木が手を伸ばし、

「これは煙管《きせる》を入れる筒《つつ》だな」

と言いながら、指先で泥をぬぐう。

「ほほう、見事な螺鈿《らでん》細工でございますな」

藤左衛門が感心したように言った。

町役人だけに、大きな商家の主人であろう。やはり、贅沢な品にはくわしかった。

一方、伊織は煙草《たばこ》を吸わないため、喫煙具《きつえんぐ》には疎《うと》かったし、興味もなかった。

そのため、ここは黙って拝聴《はいちょう》するしかない。

鈴木が筒から、煙管を引きだした。黒ずんではいたが、雁首《がんくび》は銀製《ぎんせい》のようだった。

「ほう、これはなんだ」

鈴木が笊から親指の爪《つめ》くらいの物を拾いあげ、やはり指先でこびりついた泥をぬぐう。

「寿老人《じゅろうじん》か。象牙《ぞうげ》のようだな」

象牙に、寿老人の長大な額が彫られている。

やはり藤左衛門が口をはさんだ。

「見事な細工の根付《ねつけ》でございますな。煙草入れを帯からつるすときに用《もち》います。

煙草を入れる布製の袋や、根付につける紐《ひも》などは、もう土の中でばらばらになってしまい、煙管筒と煙管、根付だけ残ったのでございましょうな」

「螺鈿細工の煙管筒、銀の雁首の煙管、象牙細工の根付か。そんな高価な提《さ》げ煙草入れは、お店者《たなもの》や職人では、おいそれと持てないぞ。う〜む」

鈴木は額に皺《しわ》を寄せ、考えこんでいる。

伊織が笊の中に手を伸ばした。

「金槌《かなづち》ですな。これが鉄でできた頭の部分。かなり錆《さ》びていますが、真ん中が空いていて、柄《え》を通すようになっているのがわかります。こちらが、木製の柄《え》。なかば腐《くさ》っていますが」

虫眼鏡で観察したが、やはり金槌に違いなかった。

白骨死体の頭部の傷と合致する。凶器は、この金槌であろう。

ようやく我に返ったように、今度は鈴木が手を伸ばした。

「これは、なんでしょうな」

木製の柄の先に、鉄製の刃のような物がついていたが、錆びてぼろぼろになり、うっかり手で触れると崩れてしまいそうだった。

伊織は受け取り、虫眼鏡で子細に観察したが、見当がつかない。

そのとき、辰治が叫んだ。

「旦那、それは大工が使う鑿《のみ》ですぜ」

「おい、拙者も鑿くらい知っているぞ。鑿の刃はもっと横に大きくて、平べったいだろうよ」

鈴木が苦々しげに顔をしかめる。

辰治が自信たっぷりに言った。

「それは、丸鑿《まるのみ》というやつでしてね、刃の先が丸く、半円形になっているのです。大工は用途に応じて、いろんな鑿を使い分けるんですよ」

「てめえ、妙に大工道具にくわしいじゃねえか」

「へへ、つい最近、元大工だった男に、大工道具を見せてもらったことがありやしてね」

そう言いながら、辰治がちらと伊織を横目で見た。

その視線は、いかにも意味ありげである。

伊織は、はっと気づいた。

先日、辰治が下男の虎吉に大工道具を見せてもらいながら、蘊蓄《うんちく》を聞いていた光景を思いだしたのである。辰治は、見せられた鑿の形状を、きちんと記憶していたのだ。

（う〜ん、岡っ引はたいしたものだな）

伊織は感心した。

鈴木が、丸鑿の錆びた刃先を見ながら言う。

「ふうむ、金槌と一緒に見つかったのだから、凶器と思われるが、どう使ったのだろうな」

「金槌は、頭部を殴るのに用いたのでしょうね。その丸鑿で腹部や、胸を突いたのかもしれませんが、死体が白骨化したいまになっては、もはや検証できませんん」

その伊織の言葉を聞き、鈴木の表情が険《けわ》しくなった。苦悩がある、と言ってもよかろう。

「その点に関しては、拙者はちと思いあたることもあるのです。とりあえず、ここまでとしましょう。

おい、もう検使は終わりじゃ。この骨は、町内で葬《ほうむ》りな。見つかった煙管筒や金槌などはこちらであずかる。

おい、辰治、てめえが保管しろ」

鈴木がてきぱきと指示を発する。

それに応じて、町役人の藤左衛門がさらに、材木屋の奉公人たちに指示を発していた。

白骨は筵に包まれて寺に運ばれ、無縁仏として埋葬《まいそう》されることになろう。

四

「ちと、相談したいことがあるので、付き合ってくだされ。かといって、自身番はもちろん、茶屋などでも立ち聞きされるおそれがありますからな。拙者が心安くしているところがあります」

そう言うと、同心の鈴木順之助が先に立って歩きはじめる。

沢村伊織と岡っ引の辰治、それに助太郎と供の中間も、あとに続いた。

鈴木は無言で歩き続ける。考え続けているようでもあり、これから話すことを整理しているようでもあった。

しばらく歩くと、神田川に突きあたる。

和泉橋《いずみばし》が架《か》かっているが、橋は渡らずに川岸をやや下流に向けて歩き、鈴木は一軒の船宿《ふなやど》の前で足をとめた。軒先の掛行灯《かけあんどん》には、

ふなやど　ふじた屋
屋根舩《ぶね》　ちょき舩

と書かれている。

鈴木が土間に足を踏み入れると、前垂れをした女将《おかみ》が飛びだしてくるや、

「おや、鈴木さま。よくいらっしゃりました。屋根を一艘《にそう》でございますか」

と、愛想がいい。

五人という人数を見て取り、屋根舟二艘と判断したようだ。

「いや、今日は舟ではない。二階の座敷を借りたい。いま、ほかに客はいるか」

「いえ、全部、空いております」

「よし、今日は、ほかの客はあげるな。

初めに茶を出したら、そのあとは、こちらが呼ぶまで、誰も二階にあげるな」

二階座敷はすべて借りきるということだった。

女将は相手が町奉行所の同心と知っているので、そんな横暴《おうぼう》な要求にもいやな顔はしない。

「はい、かしこまりました」

鈴木、伊織、辰治は上框から上にあがると、すぐ階段で二階に向かう。助太郎と中間は上框に腰をおろして待つことになるが、階段がすぐそばだけに、見張り役でもあった。

通されたのは、二階の奥の六畳間だった。

女中が茶と煙草盆を持参して、一礼すると、すぐにさがる。

神田川に面した窓が開いているため、川風が吹きこんでくる。

「ちと、寒いな。薄暗くなるが、閉めよう」

「へい、かしこまりました」

辰治が窓の障子を閉じた。

それまで響いてきた河岸場の喧騒《けんそう》が、やや遠ざかったかのようである。

＊

煙管に火をつけ、一服したあと、鈴木がおもむろに口を開いた。

「あの白骨を見て、拙者は思いだしたことがありましてね。いまさらながら、慙愧《ざんき》に堪《た》えないと言いましょうか。忸怩《じくじ》たる思いとは、このことかもしれませんな。まあ、聞いてくだされ。

三年前の三月末、江戸ではシーボルトどのが評判になっていたころです」

それを聞き、伊織は一種の感慨を覚えた。

文政九年（一八二六）三月四日、オランダ商館長の江戸参府《さんぷ》に同行して、シーボルトが初めて江戸にやってきた。

このシーボルトの江戸来訪に、蘭学者や蘭方医は色めき立った。オランダ人一行の宿舎である本石町《ほんこくちょう》の旅籠屋《はたごや》「長崎屋」には連日、多くの人が詰めかけ、シーボルトに面会を求めた。

そのころ、芝蘭堂で蘭学と蘭方医学を学んでいた伊織も、先輩とともに長崎屋を訪ね、シーボルトに面会することができた。

そして、師事《しじ》することを決めた。

四月なかば、オランダ人一行は江戸を発って、長崎に帰っていった。伊織はそのあとを追うようにして長崎に行き、鳴滝塾に入門したのである。

「三年前というと、まだわっしは……」

辰治は別な感慨があるようだった。

鈴木が目を細くした。

「うむ、そのころ、別な男に手札をあたえていた。しかし、シーボルトどのが江戸を去ってからしばらくして、病気で死んだ。その後釜《あとがま》が、てめえということになる。

そんなわけで、てめえも知らねえ話だ」

鈴木がおもに伊織に向かって、話を続ける。

「三年前のその日の朝、拙者が巡回で佐久間町の自身番を訪ねると、詰めていた町役人が、

『町内に変死人がございます。ご検使をお願いいします』

というので、案内させて出向いたのです。

昨日の夕方、通りかかった豆腐の行商人が見つけ、自身番に知らせたということでした。

そのあたりは、四、五日前に火事が起きたところでしてね。まだ、あちこちに燃え残った材木などが散乱していました。

ちょっとした空き地があり、三十くらいの男が倒れていました。着ていたもの

からも、すぐにお店者とわかりましたがね。

後頭部を鋭利な物で刺されていましてね。出血はおびただしかったですな。

まず調べるべきは、凶器はなにか、

一帯を調べても、凶器は見つかりません。それにしても、妙な傷跡でした。後頭部に、片側が円形の穴が開いていたのです。また、後頭部を刺すというのも不自然です。まるで見当がつきませんでした。

ただし、死人の身元は、すでに判明していました。

というのは、死体が発見されたとき、そばに年若な男も倒れていたのです。頭は血まみれでしたが、まだ息があったので自身番に担ぎこみ、手当てをしたところ、息を吹き返したそうでしてね。

『松枝町《まつえだちょう》の唐物屋《からものや》・出島屋《でじまや》に奉公している、丁稚の喜助《きすけ》でございます』

こう、はっきり述べ、これで身元が判明したわけです」

「えっ、松枝町の出島屋だったのですか」

伊織は思わず、つぶやいた。

唐物は、清《しん》（中国）船やオランダ船が長崎に運んできた舶来品《はくらいひん》のことである。

唐物屋は本来、舶来品を売る店だが、日本の職人がヨーロッパ製の各種器具に学んで独自に製作するようになると、そうした品々も取り扱うようになっていた。伊織もときどき、出島屋で西洋医学の医療器具を吟味《ぎんみ》し、購入していたのである。

「ほう、先生は出島屋をご存じでしたか」

「といっても、何度か、買い物をしたことがある程度です。内情にくわしいわけではありません。話の腰を折ってしまい、申しわけありません」

「いや、先生が知っているとなると、あとあと、好都合かもしれません。

そんなわけで、自身番はすぐに松枝町の出島屋に、人を走らせたわけです。佐久間町と松枝町は、神田川をへだてているだけで、ほんの近くですからな。

知らせを受け、夜中にもかかわらず、出島屋の主人の民右衛門《たみえもん》が駆けつけてきたようです。

拙者が自身番に行ったとき、民右衛門は一睡《いっすい》もしなかったせいか、顔色は青ざめ、目の下には隈《くま》ができておりました。そばに、丁稚の喜助がいましたが、頭は晒し木綿でぐるぐる巻きにされ、着物の襟《えり》のあたりにも、点々と血が散っていましたな。

拙者に向かい、民右衛門はきっぱりと言いました。

『死体は、あたくしどもの番頭《ばんとう》の、甚五兵衛《じんごべえ》でございます。ただし、手代《てだい》の清吉《せいきち》の姿がありません』

その後、拙者は民右衛門から、事情を聞き取ったわけです。

民右衛門の話によると、こうでした――。

金杉村《かなすぎむら》に、裕福な旗本の隠居が隠居所をかまえている。

その隠居は出島屋のお得意で、これまでにもさまざまな品をおさめていたが、最近、櫓時計《やぐらどけい》を買いあげてもらった。

代金の六百五十両を払うので、受け取りにこい、と知らせがあった。

出島屋は扱う品が唐物だけに、大金を受け取ることが多いが、やはり六百五十両ともなると、いつもとは違う。

番頭の甚五兵衛、手代の清吉、それに丁稚の喜助と、三人で受け取りにいかせた。昨日のことである。

日が暮れる前には帰ってくるはずなのだが、三人はなかなか戻ってこない。心配していたところだった。

佐久間町の自身番から呼びだしを受けたので、駆けつけてきた。

丁稚の喜助は殴られて気を失っていたという。

死体を見せられたが、番頭の甚五兵衛だった。

そして、手代の清吉の姿がない。また、六百五十両も消えている。

清吉の仕業《しわざ》に違いない。


――と、民右衛門は、清吉が甚五兵衛と喜助を襲い、金を奪って逃亡《とうぼう》したと決めつけ、怒りで身を震わしていました。

まあ、状況から見て、誰もがそう思うでしょうな。もちろん、拙者もそう判断しました。しかし、確証が必要ですからな。

そこで、肝心なのは、丁稚の喜助の証言です。

喜助は最初、

『突然、後ろから頭を殴られ、気を失ってしまったので、なにがなんだかわかりません』

と、言い張っていました。

しかし、なにも覚えていないというのは、いくらなんでも妙です。拙者は、もしかしたら清吉と結託《けったく》していたのではないかと疑いましてね。

とはいえ、拷問《ごうもん》にかけるわけにもいきませんからな。手を替え品を替え、まあ脅《おど》したり、すかしたりしながら問いつめると、ついに白状しました。

『歩いていると、清吉さんがふところからなにか取りだし、突然、甚五兵衛さんの頭を殴りつけました。わたしは走って逃げようとしましたが、金を風呂敷に包み、首に巻いていたので、走れません。頭をガーンと殴られ、そのまま気を失いました』

小判で六百五十枚ともなると、重さは二貫《かん》（約八キロ）以上でしょう。喜助は十五歳でしたが、二貫もの荷を担いでいたら、走るのはとうてい無理ですな。その言い分に矛盾《むじゅん》はありません。

では、なぜ、なにも覚えていないなどと言ったのだと問いつめると、こう答えました。

『これまで清吉さんには、いろいろと失敗をかばってもらったし、本当によくしてもらいました。自分を殺さなかったのも、きっと手加減してくれたのだと思います。だから、自分の口から、清吉さんの名を告げたくなかったのです』

喜助は清吉に恩義を感じていて、できれば、かばおうとしたのですな。

これで、清吉の犯行に間違いないとわかりました。

清吉の実家が原宿村《はらじゅくむら》なので、配下の者に見張らせ、さらに清吉が立ちまわりそうな所も探らせました。しかし、まったく手がかりはありません。

その日以来、清吉は杳《よう》として行方《ゆくえ》が知れません。六百五十両とともに、消えてしまったのです」

鈴木の話が一段落した。

これだけ証拠や証言がそろっていたのだから、伊織は、鈴木が清吉の犯行と断定したのは無理がないと思った。聞いたかぎりでは、とくに矛盾はない。

煙管で一服すると、鈴木が話を再開する。

「そして今日になり、佐久間町の材木屋の敷地内で、白骨が見つかったという知らせです。拙者は初め、どうせ焼け死んだ人間の骨が出てきたのだろうと、高を括《くく》っていました。あのあたりは、火事がしょっちゅうですからな。

ざっと見たら、

『行き倒れ人だ。町内の責任で寺に運び、埋めてやれ』

と言い、さっさと帰るつもりでした。

ところが、白骨が掘りだされた穴を見ていて、はっと気づいたのです。ここはまさしく、三年前、出島屋の番頭の甚五兵衛が倒れていた場所ではなかろうか、と。

もちろん、三年前といまでは火事があったりしたので、だいぶあたりの様子は変わっていますが、道からの距離などを考えると、かなり近いのはたしかです。

拙者の胸に、ふつふつと疑問が湧《わ》いてきましてな。

もしかしたら、三年前の検死のとき、甚五兵衛の死体の下の地面には、すでに別な死体が埋まっていたのではなかろうか。そして、その死体は、行方不明になっている手代の清吉ではなかったのだろうか——。

こういう疑念が生まれたのです。

となると、事件の様相はまったく変わってきます。

三年前、なまじ甚五兵衛の死体に気を取られていたため、下の地面にはまったく注意を向けなかったのです。まさに、拙者の失態《しったい》ですがね。

自分の失態を挽回《ばんかい》するためにも、白骨が誰なのかを究明《きゅうめい》しなければなりません。

そこで、先生のお力を借りようと思い、辰治に迎えにいかせたわけです。一方、拙者は自身番で、町役人の藤左衛門らから、あの場所の変遷《へんせん》などを教えてもらっていたのです。

先生の検分で、白骨は若い男とわかりました。当時、清吉は二十歳だったはずです。埋められたのは二年以上昔ということもわかりましたから、三年前もあてはまります」

「白骨が清吉ではないと、否定することはできません。しかし、否定できないだけで、まだ清吉だと断定することはできません。

ただ、三年前に殺された甚五兵衛の後頭部の傷跡と、穴から出土した丸鑿は一致するのではありますまいか。それを考えると、甚五兵衛と白骨の男が殺されたのは、ほぼ同時と思われます」

伊織は慎重さを崩さない。

それまで黙って聞いていた辰治が、ここにいたり口を開いた。

「旦那、白骨のそばから出てきた、螺鈿細工をした煙管筒、煙管の銀の雁首、象牙の根付はどう見ますかね。

いくら出島屋が大店《おおだな》だとしても、手代風情《ふぜい》の清吉が持てる煙草入れじゃありゃせんよ」

「う〜む、そう言われれば、たしかにそうだな。では、白骨が清吉ではないとすると、誰だ。またもや、振りだしに戻るぞ」

「旦那、ここは出島屋にあたるにかぎりますぜ。わっしが、主人の民右衛門を締めあげましょう。

これは、わっしの勘《かん》ですが、出島屋は怪しいですぜ。清吉の件は、なにか裏がありますね」

「うむ、そうだな。よし、てめえ、出島屋にあたってみろ」

「わかりやした。これから、出島屋に押しかけてみやしょう。とはいえ、わっしも唐物屋は初めてで、勝手がわかりやせん。

先生、ちょいと、わっしに付き合っていただけませんかね。松枝町は目と鼻の先ですから」

急に頼まれても、伊織も当惑が先立って、すぐに返事ができない。

伊織のためらいを見て、鈴木がすかさず、

「うむ、それはいいな。先生が一緒なら、ぼろを出さずに済む。がさつな野郎なので、先生、ご同行をお願いしますぞ」

と、頭をさげる。

こうなると、伊織もすげなく断れない。

辰治と一緒に出島屋に行くことに、同意せざるをえなかった。もちろん、謎《なぞ》を解きたいという気持ちも芽生えていたので、けっして、しぶしぶではない。

だが、供をさせている助太郎を、これ以上、引きまわすわけにもいくまい。

いったん、ひとりで帰るよう命じるつもりだった。

＊

階段をおり、上框から土間の草履《ぞうり》に足を乗せながら、伊織は目の前の光景に唖然《あぜん》とした。

なんと、助太郎が河岸場の空き地で、船頭《せんどう》と相撲《すもう》を取っていたのだ。着物を脱いで、ふんどしだけの裸になり、腰に帯を締めている。

相手の船頭もふんどしだけの裸になり、腰に細帯を締めていた。

まわりに、数人の船頭らしき男が集まって見物している。鈴木の供をしてきた中間も、見物人に加わっていた。

それどころか、船宿・藤田屋の女将すら、暖簾《のれん》の外に立って、相撲を眺《なが》めている。

「あきれたな」

口にはしたものの、伊織もしばらく見物することにした。

対戦相手は助太郎より背が高いのはもちろん、船頭だけに筋骨たくましい身体だった。とても助太郎に勝ち目はないように見える。

両者、拳《こぶし》を地面に置いた姿勢から、さっと立ちあがった。

船頭は自分の体格を生かし、そのまま助太郎を押し倒そうとする。

ところが、助太郎はすばやく相手のふところにもぐりこむと、細帯を両手でつかんだ。船頭が力任せに押してくるところ、助太郎が身体をひねりながら、相手を右に投げる。

あざやかな投げ技だった。

あっという間に、船頭は背中から地面に落ちていた。

まわりの見物人から、やんやの喝采《かっさい》があがる。店の前に立った女将も、

「おや、あの子、また勝ったよ」

と小躍《こおど》りしている。

たしかに、痛快な光景だった。

「それにしても、うちの船頭はだらしないね」

女将が苦々しそうに言った。

なにかのきっかけで、藤田屋の船頭と助太郎のあいだで、相撲がはじまったようである。

「ほう、なかなかやるな」

辰治も感心していた。

見物していた船頭のひとりが言った。

「強いな。てめえ、米屋の倅《せがれ》か」

家業の手伝いで、幼いころから米俵を担ぎ、力があると思ったのかもしれない。

助太郎がけろりとして答える。

「おいら、本屋の倅さ」

そこに、伊織が出ていった。

「おい、そこまでにしろ。帰るぞ。着物を着るがいい」

「あ、先生。五番勝負をして、四番勝ちました」

助太郎は荒い息をしていたが、いかにも誇《ほこ》らしげである。

伊織も叱《しか》るわけにはいかない。

手を着物の袖に通すや、助太郎があわてて薬箱を取りに戻る。

そんな様子を見て、見物人のひとりが、

「本屋の倅で、お医者の弟子が、なぜ、あんなに相撲が強いのだい。船頭も形無しじゃないか」

と、不思議そうにつぶやいた。

五

和泉橋で神田川を越えた。

松枝町には、鼈甲《べっこう》細工や象牙細工の職人が多く住んでいる。そんな松枝町の表通りに面した出島屋は、堂々たる店構えだった。

看板には、

異国新渡奇品珍物類　出島屋

とある。

通りから見えるよう、店先には、さまざまな物が展示されていた。

まず、目につくのは、店先に立てかけられた大きな海亀の甲羅《こうら》である。そのそばに置かれた壺《つぼ》には、華麗《かれい》な孔雀《くじやく》の羽根が差しこまれていた。

左手に

唐高麗物品

と書いた木札が立てかけられていて、背後に大小の焼物が並べられていた。唐《もろこし》（中国）や高麗《こうらい》（朝鮮）の磁器《じき》であろう。

中ほどがオランダ渡りの品々のようで、ギヤマン（ガラス）製の盃《さかずき》や瓶《びん》が並んでいる。その横に、オランダ製の、のぞき眼鏡が置かれていた。その横にあるのも、のぞき眼鏡だが箱は朱塗《しゅぬ》りで、日本製のようだった。

さらに、大小さまざまな望遠鏡があった。筒が蒔絵《まきえ》なのは、やはり日本製のようである。

そのほか、沢村伊織がときどき買い求める医療器具などもあるのだが、これは一般向けではないので、表には展示されていない。

「ほう、壮観ですな」

岡っ引の辰治は、唐物を眺めて感心している。

店先に顔見知りの手代を見かけ、伊織は声をかけた。

「主人の民右衛門どのにお目にかかりたいのだが。蘭方医の沢村伊織と申す」

「わっしは、こういう者だ」

辰治がふところから十手を取りだして、ちらりと見せた。

たちまち手代の顔から、笑みが消える。

「へい、少々、お待ちを」


しばらくして戻ってきた手代に、伊織と辰治は帳場に案内された。

帳場机には、分厚い大福帳《だいふくちょう》が広げられている。

机に向かって座り、大福帳に書入れをしていた民右衛門は、縮緬《ちりめん》の羽織姿だった。五十歳前後で、色は浅黒く、額《ひたい》に縦皺が目立つ。いかにも、気難しそうな容貌《ようぼう》である。

しかし、手にした筆をおろすと、外見に似合わない温厚《おんこう》な声で言った。

「蘭方医の先生と、親分でございますか。もしかしたら、なにかの鑑定でございますか」

「ほう、おめえさん、頼まれて鑑定をすることがあるのですかい」

「はい、以前、お奉行所のお役人の依頼で、ギヤマンの鑑定をしたことがございます」

「じゃあ、話が早いや。これを鑑定してくだせえ」

辰治がふところから、手ぬぐいの包みを取りだす。

包みを広げ、民右衛門の前に突きだした。

手ぬぐいの上に載っている螺鈿細工の煙管筒、煙管の銀の雁首、そして象牙の寿老人の根付を見て、たちまち民右衛門の顔に緊張が走る。

「親分、こ、これをどこで……」

「どこでは、あとで言いやす。おめえさん、見覚えがあるのかね、ないのかね」

「はい、見覚えがございます。あたくしが、ある男にあたえた物でございます。まず、間違いございません」

「ある男とは、誰だね」

「以前、あたくしどもで手代をしていた、清吉という男でございます」

伊織は内心、「やはり」と叫んだ。

辰治の目にも、してやったりという光があるが、無表情をよそおっている。

民右衛門は、はっと気づいたようだった。

身を乗りだし、急《せ》きこんだ声で言う。

「清吉が見つかったのですか。それとも、清吉が召し取られたのでございますか」

「見つかりました」

辰治がひと呼吸置き、おもむろに続ける。

「ただし、白骨になっていましたがね」

「えっ」

いったんは乗りだした民右衛門の身体から、一瞬にして力が抜けたようだった。がくりと尻を落とした。

言葉を失い、呆然《ぼうぜん》としている。

そんな相手を見つめながら、辰治が余裕たっぷりに続ける。

「三年前、出島屋の甚五兵衛という番頭が殺されているのが見つかりましたな。おめえさんは、自分の目で見たはず。

同じ場所で昨日、白骨が見つかり、今日、こちらの先生が検分をしたわけです。

先生の検分によると、二十歳くらいの男、死んだのは三年前、ということでしてね」

勝手に辰治が検死の結果を述べている。しかも、かなり強引な断定である。だが、こういう論法こそ効果的なのであろう。

伊織は辰治が代弁してくれて、むしろ肩の荷がおりた気分だった。

「そして、白骨のそばから、煙草入れの残骸《ざんがい》が見つかったというわけです。そしていま、おまえさんが見て、清吉の持ち物と認めた。もう、これで間違いないですな。白骨は清吉です」

「甚五兵衛の死体があったのと同じ場所に、清吉が埋められていたのでございますか」

辰治に目でうながされ、伊織が説明する。

「清吉どのが殺されて埋められ、その上の地面に、甚五兵衛どのが倒れていたことになります。順序からすると、清吉どのが先に殺され、そのあとで甚五兵衛どのが殺されたのでしょう」

「すると、清吉が甚五兵衛を殺して金を奪ったのでは、なかったのですな」

民右衛門があえぐように言った。

顔から血の気が失せ、その表情は苦悩に歪《ゆが》んでいる。目には、狼狽《ろうばい》と悲痛があった。

そんな民右衛門の顔を見ていた辰治が、口を開いた。

「おめえさん、教えてくんなせえ。手代の清吉は、なぜ大店《おおだな》の主人が持つような煙草入れを身につけていたのですかい。身分不相応なのじゃありやせんか」

「さあ、それは、あたくしにもわかりかねます」

「ほう、そうですかい。わっしと、こちらの先生がわざわざここまで足を運んだのは、おめえさんに外聞《がいぶん》の悪い思いをさせまいと、気を使ったからですぜ。そうした気づかいを無にされちゃあ、わっしも遠慮はしません。おめえさんが正直に言わないのなら、自身番か、奉行所に来てもらうしかありませんな。奉行所の同心にも、わっしは厳しく言い含められていましてね」

相変わらずの、辰治の脅し文句である。ただし、相手が唐物屋の主人だけに、女郎屋の主人に対するときよりは、やや丁重だった。

だが、脅し文句は相変わらず効果的である。

民右衛門はがっくりと肩を落とし、いかにもつらそうに言った。

「わかりました。すべて、お話しします。しかし、ここでは差しさわりがありますので、奥の離れ座敷へお願いします」

「うむ、いいでしょう」

辰治が勝ち誇ったような笑みを浮かべる。

＊

伊織と辰治が案内されたのは、十畳ほどの離れ座敷だった。床の間と違い棚のある、書院造《しょいんづく》りになっていた。

掛軸《かけじく》は、清の絵師の山水画《さんすいが》のようである。清の絵を飾るところが、いかにも唐物屋らしい。

民右衛門は、茶と煙草盆を運んできた女中に、

「しばらく、人を寄せつけるな」

と命じたあと、どこから話そうかと迷っているようだった。

フーッ、と深く息を吐いたあと、話しはじめた。

「あの提げ煙草入れは、もともとあたくしの物でした。清吉にあたえたのです。それで、覚えていました」

「たかが手代に、なぜ、あんな高価な物をあたえたのですかい」

辰治が追いつめていく。

民右衛門の顔は、苦渋《くじゆう》に満ちていた。

「清吉は真面目で、しかも有能な男でした。あたくしには一男二女がおります。長女に——名は紺《こん》と言いますが、清吉をお紺の婿《むこ》に迎えようと考えたのです。出島屋には跡継ぎの倅がいますから、清吉にはいずれ暖簾分けをして、別に店を持たせるつもりでした。

お紺に気持ちを確かめると、清吉ならいい、という答えでした。また、清吉に確かめると、いやとは言いませんでした。これで決まりです。

そんなこともあって、あたくしは自分の提げ煙草入れを、清吉にあたえたのです。いずれ一国一城の主《あるじ》になるのだから、持ち物もそれなりの物にしなければならないぞという、まあ、そんな気持ちでした。

ところが、三年前の事件です。清吉が番頭の甚五兵衛を殺し、六百五十両を奪って逃げた——そう思いました。

あたくしは、奈落《ならく》の底に突き落とされるような気分でしたな。

六百五十両を失ったのは痛手ですが、それ以上に、あたくしは清吉に裏切られたのが悔しいと言いましょうか、許せないと言いましょうか。清吉の本性を見抜けなかった自分にも腹が立ちましてね。

一方、お紺は悲痛のあまり、寝こんでしまったほどでした。あたくしはそんな娘が不憫《ふびん》で、不憫で……。その傷心ぶりを見るにつけ、清吉に対する怒りを募《つの》らせました。見つけたら、この手で絞め殺してやりたいと思ったほどです。

そのうち、清吉の目あては金ではなかったのではあるまいか。もしかしたら、お紺と夫婦になるのがいやだったのではなかろうか。お紺から逃げるのが目的で、六百五十両は行き掛けの駄賃《だちん》だったのではあるまいか、と考えるようになりました。

とすると、清吉は真面目そうによそおいながら、ほかに女がいて、駆落ちしたのかもしれない。そこで、出島屋に出入りの鳶《とび》の頭《かしら》に頼んで、あちこちで聞きこみをさせたほどです。もちろん、なにもわかりませんでした。

事件から半年ほど、あたくしは憤《ふん》怒《ぬ》と懊悩《おうのう》で、商売もまるで手につきませんでした。しかも、番頭の甚五兵衛もいないのですから、店は乱れ、商売も手薄になります。

そのころ、親類や同業者仲間には、

『このままでは、出島屋は潰《つぶ》れるぞ』

と、ずいぶん、心配した人もいたようです。

あたくしはずっと清吉を怨《うら》み、呪い続けてきました。

ところが、清吉が殺されていたとは……。

知らなかったとはいえ、あたくしは愚《おろ》かでした」

最後は嗚咽《おえつ》になる。

歯を食いしばって懸命にこらえようとしていたが、うううう、と泣き声が漏《も》れる。

辰治が慰《なぐさ》めた。

「まあ、あの状況なら、清吉が甚五兵衛を殺し、金を奪って逃げたと考えるのは無理もありやせんぜ」

民右衛門の顔が歪《ゆが》む。

「あたくしは、自分の心ない仕打ちがいまさらながら悔《く》やまれてならないのです。

事件のあと、清吉が丁稚として奉公をはじめたときの請人《うけにん》と、原宿村で百姓をしている父親がそろって、出島屋に詫《わ》びにきました。

そのとき、あたくしは父親と請人に向かって、

『清吉は恩知らずの大悪党だ、てめえらの顔も見たくない』と罵《のの》り、ふたりを追い返しました。あとから、奉公人に塩まで撒《ま》かせたほどです。

思いだすと、恥ずかしいと言いますか、自分が情けないと言いますか、もう居ても立ってもおれない気持ちなのです。

親分、清吉の骨はいま、どこにあるのですか。せめて、骨だけでも引き取り、弔《とむら》ってやりたいと思います。

また、近いうちに原宿村に出向き、清吉の父親に詫びをします。それをしないうちは、あたくしは死んでも死にきれません」

そう言いながら、民右衛門の頰《ほお》を、大粒の涙が伝った。

聞きながら、伊織は心を動かされ、そしてなにより、つらかった。

民右衛門には本来、なんの落ち度もない。苦渋と煩悶《はんもん》の状況が、民右衛門にそんな言動をさせたと言えよう。

辰治もいつになく、しんみりした口調になる。

「佐久間町の自身番に、藤左衛門という町役人を訪ねなせえ。なかなかの人物でしてね。骨の件は、手筈《てはず》をつけてくれるはずです」

「わかりました。これからすぐに佐久間町にまいります」

いったん立ちあがりかけた辰治が、ふたたび腰をおろした。

「大事なことを忘れていました。丁稚の喜助――いまは手代かもしれませんが、どこにいますね」

「喜助はもう出島屋を辞め、ここにはいません」

答えながら、民右衛門は、はっと気づいたようである。

「喜助に、お疑いがかかっているのでしょうか」

「三年前、同心の鈴木順之助さまがお調べになっているのですが、事情が変わってきましたのでね。あらためて、喜助に話を聞きたいのです」

「あの事件のあと、喜助は泣きながら、

『申しわけございません、申しわけございません』

と、ひたすら謝っていました。

あたくしは、かえってつらかったですな。けっして喜助を責めたりはしなかったのですが、本人は責任を感じ、やはり居づらかったのでしょう。事件から一か月ほどして、

『殴られた頭がときどき、割れるように痛むのです。もう、まともなご奉公はできないので、お暇《いとま》をください』

と言ってきたのです。あたくしも事情が事情だけに、見舞金のような形でそれなりの金を渡し、引きとめはしませんでした。

当時、十五歳でした。近く元服《げんぷく》させ、手代にするつもりだったのですがね」

「では、いまはどこに」

「存じません。しかし、奉公人や、出島屋に出入りする者に聞けば、誰かが知っているかもしれません。しばらく、日にちをください。わかれば、親分にお知らせします」

「出島屋は大工道具を扱っていますか」

最後に、伊織が頭の隅《すみ》に引っかかっていたことを尋ねた。

民右衛門が不審そうに問い返す。

「あたくしどもは道具屋ではないので、大工道具は置きません。どうして、そのようなことをお聞きになるのですか」

「凶器は金槌と丸鑿です。金槌はともかく、商家に丸鑿などありますまい。大工の商売道具です。

では、三年前、出島屋に出入りしていた大工に、心あたりはありますか」

「あたくしは覚えていないのですが、それも店の者に聞けば、わかるかもしれません。もしわかれば、それも親分にお知らせします」

民右衛門は、佐久間町の自身番に行く用意をはじめた。

＊

「うっかりしていました。わっしも、大工道具のことは忘れていましたよ。やはり、先生に一緒に来てもらってよかったですな。で、先生は凶器がどう使われたと考えているのですかい」

辰治が歩きながら言った。

伊織も歩きながら答える。

「同心の鈴木さまの検死から、番頭の甚五兵衛は後頭部を刺されて大量に出血しており、傷跡は円形だったとのこと。凶器は土の中から見つかった丸鑿と見て、間違いないでしょう。

しかし、私はどうやって丸鑿を後頭部に撃ちこんだのか、不思議でした。

丸鑿で突くとすれば、胸や腹部、あるいは背中ではないでしょうか。後頭部を突くというのは不自然です。その動きが説明できないのです」

「なるほど、それは、わっしも考えていませんでしたね。まさに盲点《もうてん》でした」

「しかし、清吉の白骨が見つかったことで、説明できるようになりました。私の考えは次のとおりです。

三年前のその日、佐久間町のあの一帯は焼け跡だったので、人目もなかったでしょうね。甚五兵衛、清吉、喜助の三人が通りかかった。

突如、甚五兵衛が用意していた金槌で、清吉の頭を殴り、殺した。そのあと、甚五兵衛と喜助のふたりで、穴を掘った。ただし、鍬《くわ》などはないので、焼け跡の木片などを使って掘ったのでしょう。深い穴は掘れませんでした。

そのため、今回、白骨が発見されることにつながったのですがね。

穴を掘ったあと、甚五兵衛と喜助のふたりで清吉の死体を運び、穴の中に横たえます。この瞬間を、喜助は狙《ねら》っていたのでしょうね。

かがんでいる甚五兵衛の後頭部を、丸鑿で突いたのです。この位置関係であれば、後頭部を突くことは可能です。その際、喜助は盛大に返り血を浴びたでしょうね。

甚五兵衛が死んだあと、喜助は清吉が横たわる穴に土をかぶせます。土をかぶせるだけなら、ひとりでもできますからね。

そして、かぶせた土の上に、甚五兵衛の死体を横たえたのです。

六百五十両は、近くに隠したのでしょうね。甚五兵衛と山分けの約束だったのでしょうが、裏切って、ひとり占めにしたわけです。

そのあと、喜助は甚五兵衛の死体の近くに横たわり、発見されるのを待ちます。

甚五兵衛の返り血を浴び、喜助の顔は血まみれだったでしょうね」

「なるほど、それで辻褄《つじつま》が合います。やはり、先生はたいしたものだ」

「しかし、私はまだ確信が持てないのです。

それは、はたして十五歳の丁稚に、そんな凶行ができただろうか、ということです」

「先生、わっしはこれまでさんざん、見てきていますぜ。

若旦那を気取った十五歳の男が、吉原で派手に遊んでいたが、あとで商家の奉公人で、金は奉公先からくすねたものだったとわかった。

旗本の十五歳の倅が、仲間とつるんで、町娘に輪姦《りんかん》を繰り返していた。

そんなのは、世間には珍しくありませんぜ。

十五歳の喜助がだいそれたことをしても、不思議ではありませんよ」

「だいそれた悪事は、十五歳でも犯すでしょう。

ところが、この犯行は、だいそれたというより、綿密に計画されたと思えるのです。

三年前、同心の鈴木さまの取り調べに対して、喜助はあきらかに嘘《うそ》をつき、清吉に罪をなすりつけています。たしかに、その点では罪深いのですが。

しかし、十五歳の喜助にひとりで、こんな狡猾《こうかつ》な計画と、周到な準備ができただろうか。むしろ、たとえ清吉への嫌疑《けんぎ》は晴れても、今度は喜助に疑いがかかるように、巧妙に仕組まれたのではあるまいか。

さらに、金槌や丸鑿をどこから入手したかという疑問があります。

とすると、実際にはもうひとり、悪事の張本人がいたのではあるまいか――そう思えてしかたないのです」

「ほう、それが大工というわけですね」

「はい、大工であれば、金槌も丸鑿も持っているし、自在に操《あやつ》れたはずです。使い分けもできたでしょう。それは、下男の虎吉を見ていて実感します」

「なるほど、先生の家の下男は、もとは大工でしたな。

わかりやした。今日の出島屋の件と、先生のお考えは、鈴木の旦那に伝えておきやす。ともかく、わっしは喜助と、出島屋に出入りしていた大工を追いやしょう。なにかわかれば、お知らせします」

和泉橋を渡ったところで、伊織は辰治と別れた。

すでに夕闇《ゆうやみ》が迫っている。

清吉の骨の受け取りにいった出島屋民右衛門の苦悩を想像しながら、伊織は下谷七軒町に向かって歩いた。

六

薬箱を持った助太郎を従え、沢村伊織が往診先から戻ってくると、家の中から話し声が聞こえてくる。

「あっ、あの声は親分ですよ」

助太郎が声を弾《はず》ませた。

早くも、期待で目を輝かせている。

またもや事件が起きた、あるいは先日の白骨の件について進展があったと、期待しているようだ。

下女のお末が、

「お帰りなさいませ、親分がお待ちですよ」

と、迎える。

「お待たせして申しわけない。ひさしぶりですな」

そう言いながら、伊織が辰治の前に座った。

松枝町の出島屋を一緒に訪ねてから、半月ほどが経っていた。

辰治は開口一番、

「鈴木の旦那は、やはりたいしたものですぜ」

と、感に堪えぬように首を振った。

自分が手札をもらっている同心の鈴木順之助に、よほど感銘《かんめい》を受けたようだ。

「事件は解決したということですか」

「これから、順に話をしやすがね」

辰治がやおら煙草盆を引き寄せ、煙管の煙草に火をつけた。

もったいぶって、ふーっ、と煙を吐きだしたあと、辰治がようやく話しだす。

「三年前、出島屋に出入りしていた大工は、すぐにわかりやしたよ。出島屋の女中のひとりが覚えていましてね。

源八《げんぱち》という大工ですがね。そのころ、三十前くらいだったそうです。

出島屋で物置や濡縁《ぬれえん》の修繕《しゅうぜん》をすることになり、源八が十日ほど、出島屋に通ってきていたそうなのです。

わっしは、女中が源八を覚えていたのは、陰《かげ》で言い寄られたのではないかと睨《にら》んでいますがね。それとも、廊下ですれ違いざま、尻でも撫でられたか。まあ、そんなところでしょう」

やや離れた場所で、なにやら細工をしている下男の虎吉が、クスリと笑った。

自分も思いあたることがあるのかもしれない。

伊織がふと思いつき、虎吉に声をかけた。

「そんなとき大工は、道具箱はどうするのだ」

「普通は道具箱を肩に担いで普請場《ふしんば》に行くのですが、普請が何日もかかるとわかっていれば、先方に置いておいて、手ぶらで通います。道具箱は重いですから、いちいち担いで歩くのは面倒なのですよ」

すると、源八も道具箱を十日ほどのあいだ、出島屋に置いていたことになろう。出島屋の人間であれば、金槌はもちろんのこと、特殊な丸鑿をこっそり手に入れることは可能だった。

もちろん、丁稚の喜助が金槌と丸鑿を盗みだすのも可能だったろう。

辰治が話を続ける。

「源八が普請に通っているころ、番頭の甚五兵衛が殺され、手代の清吉が行方不明になる事件が起きたわけです。

もう出島屋は大騒ぎですからな。源八のその前後のことは、誰も覚えていませんでした。いつしか、源八は出島屋に顔を見せなくなってしまった、というわけです。

いつの間にか、住んでいた長屋からも姿を消していたそうでしてね。引っ越してしまい、行先もわからないというわけです」

「すると、源八は行方不明なのですか」

伊織が眉をひそめる。

辰治が得意をおさえながら、にやりと笑う。

「わっしは突き止めましたがね。

こういうときは、大工仲間に尋ねるにかぎります。わっしひとりではなく、子分も動員して、かつての源八の仕事仲間に、根気よくあたっていったのです。犬も歩けば棒にあたるですぜ。昔、源八とともに徒弟修業をしたという大工がいましてね。

その大工が、『源八の野郎はいま、茶屋の主人におさまっていますよ』と、言うじゃありませんか。その口調には、源八に対する好意は感じられませんでしたな。

わっしがくわしいことを聞かせてくれと言うと、大工は源八に対する反感をむきだしでしたな。

半年ほど前、大工は内藤新宿《ないとうしんじゅく》に女郎買いに行って、その帰りだったそうですがね。四谷《よつや》の大木戸を越えた、塩町《しおちょう》のあたりで、ふと源八を見かけたのです。羽織を着て、白足袋《しろたび》に下駄履《げたば》きなので、最初はまさか、と思ったそうですが。他人の空似《そらに》かとも疑ったところ、あまりに不思議なので、声をかけてみたのだとか。

すると、源八はいかにもギクリとした様子だったそうでしてね。

曖昧《あいまい》なことを口ごもりながら、その場を去ろうとするのを、大工が押しとどめ、根掘り葉掘り訊《き》いたのだとか。

しつこい野郎ですぜ。おかげで、わかったのですが。

しぶしぶながら、源八は近くにある茶屋の主人であると認めました。そして最後に、

『昔の仲間には触れまわらないでくれよな』

と、うそぶいたのだとか。

その大工もむっとして、ずいぶん冷たいじゃないかとなじったところ、源八の答えがふるっています。

『金を借りにこられたりしたら、迷惑だからさ』

大工は怒っていましたな。そのときは、ぶん殴ってやろうかと思ったと、言っていましたよ。もう面《つら》も見たくないので、それ以来、内藤新宿の行き帰りに茶屋の前を通っても、源八に声をかけることはない、と。

つまり、源八は茶屋の主人に成りあがっていたわけです。また、源八は昔の自分を知っている者を避けている様子。

これは、怪しいですな」

そこまで言うと、辰治はみなを焦《じ》らすように、おもむろに煙管に煙草を詰め、吸いつける。

一服したあと、話を続ける。

「わっしは、ひそかにその茶屋を探ってみたのです。塩町にあるその茶屋は、葦簀掛《よしずが》けの簡略な掛茶屋《かけぢゃや》ではなく、二階建ての茶屋でした。しかも、奥座敷で茶屋女に客を取らせる、いわゆる色茶屋《いろちゃや》のようでしたな。女郎屋と変わりませんよ。

もともと料理茶屋だったのが、商売がふるわず売りに出ていたのを、源八が買い取ったのです。聞いてみると、その時期は、六百五十両が消えたあとです。

源八は料理茶屋から色茶屋に変え、うまくいったようですな。繁盛しているようでした。

色茶屋の繁盛は、女房のおかげでしょうな。源八の女房は、もとは吉原にいたという噂《うわさ》がありましてね。そのせいか、

『女将《おかみ》から茶屋女まで、美人ぞろい』

という評判があるようです。

それにしても、茶屋を買い取るには大金がいりますからな。あっしはもう、これは決まりだと思って、鈴木の旦那に、

『茶屋に踏みこんで、源八を召し捕りやしょう』

と、進言したのです。

しかし、鈴木の旦那はしばらく腕組みをして考えたあと、こう言いました。

『いかん』

これで、第一幕の終わりです」

辰治はニヤニヤしている。

伊織も釈然《しやくぜん》としない。

「鈴木さまは、なにをためらったのだろうな」

もしかしたら、鈴木は袖の下を受け取ったのではなかろうかという、いやな予感がした。もちろん、口にはしない。

「ちょいと、雪隠《せつちん》を貸してくださいな。小便をしてきてから、第二幕をはじめやす」

雪隠から戻った辰治が、話を再開する。

「さて、ここからが第二幕ですがね。

鈴木の旦那が言うには、

『いま源八を召し捕っても、決め手がない。きっと、巧妙な言い逃《のが》れをするぞ。

それより、丁稚の喜助を捜せ。喜助の口を割らせるのが先だ』

というわけでしてね。

わっしも、ちょいと不満はあったのですが、鈴木さまの命令には逆《さか》らえやせん。そこで、今度は子分を動員して、喜助捜しですよ。ところが、これがなかなか厄介でしてね。

出島屋の奉公人一同も、出島屋に出入りの者も、誰も喜助のその後を知らないのです。無理もありませんな、当時、十五歳の丁稚ですから。

わっしはふと思いついて、喜助の親元を訪ねてみることにしたのです。出島屋で聞いて、喜助の親が白金村《しろかねむら》の百姓というのはわかっていましたんで。

出島屋を辞めたあと、喜助はいったんは親元に帰っているのではなかろうか。

なんといっても、十五歳ですからな――これは、わっしの勘でしたがね。

ただし、相手は百姓ですからね。わっしは、大店の番頭をよそおいましてね」

「親分は商家の番頭には見えぬぞ」

つい、伊織が茶々を入れた。

みなクスクス笑いだす。

辰治は、煙管の雁首で煙草盆の灰落しを、コンと叩《たた》いた。まるで、講釈師《こうしやくし》の間合いの取り方のようである。

「それはともかく、わっしの勘はあたりました。

　白金村の喜助の実家を訪ね、尋ねてみると、喜助が出島屋を辞めたあと、いったん実家に帰ったことがわかりました。その際、喜助は、

『出島屋の旦那さまに見舞いとしてもらったのだけれど、お父っさんとおっ母《か》さんで使っておくれ』

　と、一両を差しだしたというのです。

　主人の民右衛門からもらった金のほとんどを、親に渡したことになりますな。

　また、その後の様子を尋ねたところ、世話をする人があって、野菜の棒手振《ぼてふり》をしているらしい、しかし、住んでいるところはわからない、と言うのです。

　これには、わっしも途方に暮れましたがね。江戸は広いですからな。野菜の行商をして歩いているだけでは、雲をつかむような話です。そこで、いろいろ尋ねたところ、

『倅は、お得意は旅籠屋《はたごや》が多いと言っていました』

　という答えです。

　これで、わっしはピンと来ましてね。江戸で旅籠屋が多いとなれば、馬喰町《ばくろちょう》で

す。子分を動員して、馬喰町を歩いている、十八歳くらいの野菜の棒手振を捜したのです。馬喰町が駄目なら、内藤新宿や品川《しながわ》を捜すつもりでした。しかし、内藤新宿や品川を歩くまでもなく、馬喰町で、じきに知れやしたよ」

「ほう、さすがだな」

伊織は岡っ引の勘と、その探査能力に感心した。

さあ、これからが山場とばかり、辰治が座り直した。

「わっしは、天秤棒《てんびんぼう》で笊《ざる》を担いで歩いている喜助を捕らえると、

『清吉の骨が見つかったぜ』

とだけ言い、佐久間町の自身番に連れていきました。

喜助がいろいろ弁解したり、哀願《あいがん》したりしましたが、いっさい耳を貸しません。そして、自身番の奥にある部屋で、壁《かべ》に取りつけてある鉄の環《わ》に縄で縛りつけ、ひと晩、明かさせたんです。

翌朝、喜助は不安で一睡もできなかったのか、頬はこけ、青ざめていましたな。

同心の鈴木順之助さまが巡回にきて、いよいよ尋問《じんもん》です。

『きさまが番頭の甚五兵衛と手代の清吉を殺し、六百五十両を盗んだのは、もはや明白《めいはく》じゃ。もう、言い逃れはできぬぞ』

『いえ、殺したのも盗んだのも、わたしではございません』

『三年前、きさまは拙者に、清吉が甚五兵衛を殺したと、ぬけぬけと嘘をついたではないか。貴様の言うことなど信用できん。だから、もう取り調べもしない。このまま小伝馬町《こでんまちょう》の牢屋敷に送る。まあ、獄門《ごくもん》だろうな。もしかしたら、市中引廻《ひきまわ》しのうえ、獄門かもしれぬ。

獄門台で首を晒《さら》される場所は、鈴《すず》ヶ《が》森《もり》と小塚原《こづかっぱら》がある。きさま、どちらがいいか。最後の願い、聞き届けてやるぞ』

けっして声を荒らげることなく、諄々《じゅんじゅん》と諭《さと》すように言うのです。

そこが、鈴木の旦那のすごいところでしてね。

そばで聞いていて、わっしのほうが怖くなりましたよ。

ついに箍《たが》が外れたというのか、芯《しん》が折れたというのか、喜助は涙と鼻水を流しながら、すべて白状しました。

喜助の話によると、こうです――。

その日、金杉村の隠居所で金を受け取り、三人で歩いていると、ばったり大工の源八に出会った。

「おや、喜助どんが肩に担いでいるのは金かい」

甚五兵衛がそうだと答えると、源八が言った。

「そりゃあ、物騒だ。ついでだから、俺も一緒に行こう」

「じゃあ、お願いするよ。おまえさんが一緒だと心強い」

甚五兵衛が同行を頼んだ。

そのあと、源八が、

「こっちの道のほうが、人通りが多くていい」

と、道筋を教えた。

清吉と喜助はためらったが、甚五兵衛が了承したので、源八が勧める道を行った。

ところが、人通りが多いどころか、焼跡を抜ける道だった。

突然、源八が金槌を取りだし、清吉の頭を殴った。

ゴン、ゴン、と鈍い音がした。

喜助は悲鳴をあげ、逃げようとしたが、声はでないし、荷物が重くて走ることもできない。

「小僧、逃げようとすると、てめえも、これだぞ」

源八が金槌を振りあげたので、喜助は恐怖に襲われ、もう従うしかなかった。すぐに、金の入った風呂敷包みは取りあげられた。

その後、源八に命じられ、近くに落ちている木片を集めてきて、三人で穴を掘った。穴を掘りながら、喜助は番頭の甚五兵衛が黙って源八の命令に従っているのを、ちょっと不思議に感じた。やはり、源八が手にしている金槌が怖いのだろうかと思った。

穴ができると、源八は金槌を放りこんだ。そのあと、源八の指示で、甚五兵衛と喜助のふたりで、清吉の死体を運んだ。

死体を穴の中に入れるため、ふたりが腰をかがめたところ、甚五兵衛が、

「うわっ」

と叫び、後頭部から鮮血を噴出させながら、そのまま清吉の死体の上に突っ伏した。

喜助は一瞬、なにが起きたのかわからなかった。

見ると、源八は金槌とは別の、鑿《のみ》のようなものを手にしていた。それで、甚五兵衛の後頭部を突いたのだとわかった。

ともかく喜助は逃げようとしたが、足が竦《すく》んで動けない。

源八が鑿を見せつけた。

「てめえを殺すのは簡単だ。だが、てめえ、殺されたくないだろ」

「へい、へい」

「じゃあ、俺の言うとおりにしな」

源八の指示で、ふたりがかりで、いったん甚五兵衛の死体を穴から引きあげ、その後、清吉の死体が置かれた穴を土で覆《おお》った。

穴が埋まると、その上に甚五兵衛の死体を移した。

すべてが終わったあと、喜助は今度こそ自分の番だと覚悟した。ところが、源八は、こう言った。

「てめえは生かしておいてやる。しかし、俺のことは黙っていたほうがいいぞ。もし、俺が捕まったら、てめえが清吉を埋めるのを手伝ったと言う。俺は死罪になるのは覚悟しているが、てめえも遠島《えんとう》はまぬがれまいな。八丈島《はちじょうじま》に島流しだろうよ。

てめえが助かる方法を教えてやる」

そして、最初は気を失ってなにも覚えてないと答える、いよいよ言い逃れできなくなったら、泣きながら清吉の仕業と答えろ、とね。

最後に、死にはしないよう手加減すると述べて、手にしていた鑿で喜助の頭部や額を切り裂いた。

あとは、鑿を清吉を埋めた土の中に押しこみ、草履の裏で踏みしめてから、去っていった。

喜助は頭部からの流血でふっと気が遠くなり、その場に倒れこんでしまった。しばらくすると、誰かが寄ってきて、声をかけられたが、気を失ったふりをしていた。


——と、まあ、こういう具合でした。

そのあとは、喜助は自身番に運ばれて手当てを受け、ようやく気づいたふりをして、松枝町の出島屋の奉公人だと答えた。出島屋へ人が走り、主人の民右衛門が駆けつけ、死体は番頭の甚五兵衛と確認した。

翌朝、同心の鈴木順之助さまが検使をおこない、民右衛門と喜助を尋問した、というわけですよ。

喜助はとにかく源八が怖かったので、言われたとおりにするしかなかった。いったん言われたとおりにすると、あとはずるずると従った、と言っていましたがね」

辰治が第二幕を語り終えた。

伊織が言った。

「喜助の告白を聞くかぎり、大工の源八と番頭の甚五兵衛は、結託していたのではありますまいか」

「そうでしょうな、おそらくふたりで六百五十両を山分けの約束だったのでしょう。しかし、土壇場で、源八が裏切った。

というより、最初から源八はそのつもりだったのでしょう。清吉に疑いがかかるよう、ちゃんと筋書きをこしらえていたに違いありませんね。悪知恵の働く野郎ですよ」

「しかし、甚五兵衛は番頭にまでなりながら、なぜ、そんな危ない橋を渡ったのでしょうね。謎ですな」

「源八の口から説明してもらえば、その謎は解けますすよ。

さて、今夜、源八を召し捕ります。どうです、先生も一緒に来ますかい」

「えっ、今夜」

伊織もさすがに驚いた。

戸惑いと同時に、好奇心も湧いてくる。ここまでかかわった以上、最後を見届けたい気持ちもあった。

辰治は、煙管を筒にしまう。

「日が傾いてきたので、そろそろ行きますぜ」

「わかった、私も行こう」

「わたしがお供します」

すかさず助太郎が言った。

七

帰りは夜になるのがわかっているため助太郎は、下女のお末から渡された提灯《ちょうちん》を手にしている。

岡っ引の辰治が歩きながら言った。

「さきほどは、第二幕まで語りましたが、じつは第三幕がありやしてね」

「その第三幕が、今夜の召し捕りにつながるわけか」

沢村伊織も納得がいった。

辰治が続ける。

「清吉と甚五兵衛を殺したあと、源八は喜助に、手間賃として十両渡すと言ったそうです。そして、

『しかしいま、てめえが十両を持っていたら怪しまれる。一か月ほど経って、ほとぼりが冷めたころ、俺の家に来い。金を渡す』

と付け加えたとか」

「六百五十両のうちの十両か。一割どころか、二分にも及びませんな。源八の悪辣《あくらつ》さがわかります。

それで、喜助は源八のもとに行ったのですか」

「いや、行かなかったそうです。行くと、きっと殺されると思ったそうでしてね。もっとも、長屋に行ったとしても、すでに源八は引っ越したあとだったでしょうがね」

それを聞き、伊織は喜助に同情を覚えた。

喜助には、悪事に加担《かたん》する気持ちはまったくなかった。また、盗んだ金の分け前にあずかる気もなかったことになろう。

たまたま巻きこまれ、恐怖から判断力を失い、自分で自分を窮地《きゆうち》に追いこんで

しまったのである。

それを考えると、伊織は喜助の気弱さが腹立たしいと同時に、かわいそうでならなかった。

「いったん落ちついてから、喜助はなぜ、主人の民右衛門さんにすべてを打ち明けなかったのでしょうね。そうすれば、同心の鈴木順之助さまにもすぐに伝わったはず」

「それは、鈴木の旦那も喜助に尋ねていましたな。

『なぜ、あとでもいいので、本当のことを言わなかったのだ』

その口調は、けっして喜助を叱るのではなく、憐《あわ》れんでいるようでしたな。

喜助はこう言っていましたよ。

『それは、わたしも何度も考えました。しかし、わたしはお役人に嘘をついてしまいました。いまさら本当のことを言うと、かえってお咎《とが》めを受けると思いました。また、わたしは清吉さんを悪者にしてしまいました。そのお咎めも受けると思ったのです』

とね。

なまじ日にちが経つと、本当のことは言いにくくなるようですな」

「十五歳の丁稚だったのですからね。無理もないかもしれません」

「喜助の自白を聞き終え、鈴木の旦那はこう言いましたよ。

『てめえは源八に人生を狂わされたことになるな。悔しくないか。悔しいなら、敵討《かたきうち》をしろ。敵討の手筈は、拙者がととのえてやる』

そして、その敵討が今夜なのですがね」

「ほう、どういうことですか」

「喜助は、ようやく捜しあてたふりをして、塩町の茶屋に訪ねていったのです。

『源八さん、約束の十両をもらいにきた。

ところで、清吉さんの骨が見つかったらしい。おいらはしばらく、江戸を離れようと思っている』

源八は喜助の顔を見て、最初はものすごい目つきで睨みつけたようですがね。

しかし、すぐに笑顔になり、

『よく来てくれた。ずっと俺も、おめえを捜していたんだよ。出島屋は辞めたって聞いたものでな。

もちろん、金は渡すが、すぐには用意できない。また、ここも都合が悪い。店の者の目があるからな。外で会おう』

といって、約束したのが、今夜五ツ（午後八時頃）、場所は神田川に架かる新《あたら》シ橋《ばし》のそばの河岸場《かしば》、というわけでさ」

「源八は喜助を殺すつもりでしょうね。河岸場を指定したのは、死体を川に放りこむつもりなのでしょう。

清吉の骨が出たと知り、地面に埋めるのをやめて、とっさに川に切り替えるなど、源八の頭の働きは相当なものです」

「しかし、そうはさせやせんよ。

河岸場にはわっしはもちろん、子分が張りこんでいます。鈴木の旦那も、どこやらから見ているはず。

先生たちも物陰に隠れて、わっしが源八にお縄をかけるのを見物していてください」

「うむ、それは楽しみだ」

「さあ、そろそろ河岸場ですぜ。日が暮れる前に、あたりを歩いて、隠れる場所を見つけておいてください。

源八と喜助のおたがいの合図は、提灯を大きく右にまわすことです。

ですから、暗闇で提灯の明かりが右にまわったら、源八か喜助のどちらかですな」

辰治は周辺の状況について説明したあと、伊織と助太郎から去っていった。

＊

新シ橋のたもとに出ている屋台の夜鷹蕎麦《よたかそば》で腹ごしらえをしたあと、伊織と助太郎は、日が暮れる前に目星をつけていた場所に向かう。

人が舟を利用する河岸場には、すぐ近くに船宿があり、桟橋《さんばし》には屋根舟や猪牙舟《ちょきぶね》が発着し、人の乗り降りはひっきりなしである。とくに、舟を利用して吉原や深川《ふかがわ》に遊びに出かける男、逆に帰ってくる男は多い。夜が更《ふ》けても、一帯から完全に灯《あか》りが消えることはなかった。

一方、荷舟が停泊し、俵や樽《たる》などの荷物を積みおろす河岸場は、日が暮れるとまったく人が絶え、真っ暗になる。

そんな場所の一画に、材木を積んである場所があるのに、伊織は気づいたのだ。身を隠すには最適である。

「あそこですね」

提灯をさげた助太郎が小声で言う。

伊織もささやき返す。

「材木の陰に隠れたら、灯は消すぞ」

ふたりは材木の陰にしゃがむ。

助太郎が提灯の火を吹き消した。

月明かりがあるので、目が慣れてくると、河岸場がぼんやりと見渡せた。辰治と、その手下もどこかにひそんでいるのであろうが、まったく人の気配はない。

遠くに、船宿の灯が見える。神田川を灯が行き交っているのは、屋根舟や猪牙舟であろう。

「先生」

「なんだ」

「小便がしたくなったのですが」

「じゃあ、その辺でしろ。あまり遠くに行くなよ。川に落ちたら大変だからな」

「はい、じゃあ」

助太郎がそっと、伊織のそばから離れる。

その直後、すぐ近くで、尿が地面に弾《はじ》ける音がはじまった。文字どおり、すぐ近くで放尿しているらしい。

伊織は、はっとした。

提灯の灯が近づいてくるのだ。足音はまったくしない。

近くまで来て、提灯がちょっと高くなったのは、材木を確かめているらしい。

伊織は身体を材木に押しあてた。放尿の音はまだ続いている。

提灯の主は伊織のすぐそばまで来ると、しゃがみ、蠟燭《ろうそく》の火を吹き消した。そのあと、顔だけを材木の上に出し、河岸場を見渡している。

同心の鈴木順之助でも、岡っ引の辰治でもなかった。

（まだ俺の知らない、辰治の子分だろうか。いや、もしかしたら、源八か）

伊織はそのとき、放尿の音がやんだのに気づいた。

途端に、心配になった。助太郎が、「先生、どこですか」と言いながら、手さぐりで戻ってくる事態を想像したのだ。

伊織の手のひらに汗が滲《にじ》む。すぐそばに、源八がいるかもしれないのだ。

いや、源八に違いなかった。

（この場所を選んだのは、下見をしていたからに違いない。源八の周到さであろう）

放尿を終えたはずなのに、助太郎はいっこうに戻ってこない。

（いったい、なにをしているのだ）

伊織はハラハラしながら、助太郎が迂闊《うかつ》に声や物音を発しないことを祈った。

どれくらい経《た》っただろうか。

緊迫《きんぱく》の時間は永遠に続くように感じられたが、実際はほんの短い時間だったであろう。

提灯の灯が河岸場に入ってきた。そのまま近づいてくると、材木が置かれている近くで停まり、そのあと、灯はやや高くなると、大きく右に旋回《せんかい》した。

伊織のすぐそばにひそんでいた男が立ちあがり、出ていく。

やはり源八だった。

ふたりの声は、手に取るように聞こえる。

「おう、俺だ。すまねえ、蠟燭の火が消えてしまってな。こちらは、提灯なしで、困っていたところだ」

「ああ、源八さんか」

「手っ取り早く済まそう。約束の金は持ってきたぜ。小判だと、おめえも使いにくいだろうと思って、二分金や一分金を取り混ぜてきた。手を出しねえ」

喜助が左手を出し、そこに源八が巾着《きんちゃく》から取りだした金を乗せた。チャリチャリと、金属音がする。

「ちゃんと十両あるかどうか、数えてくれ。こういうことは、きちんとしねえとな」

「ああ、そうしよう」

だが、喜助は右手に提灯をさげているため、左手に積まれた金を数えることができない。

いったんしゃがむと、提灯を地面に置いた。

そのときを待っていたかのように、源八がすっと背後にまわりこむと、袖からすばやく取りだした紐《ひも》を、くるりと喜助の首にまわした。そして、両手で絞めつける。

喜助はうめきながら、手で紐をつかむ。

左手から金が落ち、地面に散乱した。

伊織が思わず立ちあがろうとしたとき、それより早く黒い影が、源八に跳《と》びかかっていった。助太郎である。

源八の腰のあたりに組みついた助太郎が、思いきり横に振る。喜助と源八、それに助太郎が折り重なるように倒れた。

「くそう、てめえ」

源八が起きあがりながら、ふところから鑿を取りだした。

そのとき、数名のあわただしい足音が近づいてきた。

「神妙にしろい」

辰治が恫喝《どうかつ》しながら、十手で源八の右手を撃ちすえる。

「うっ」

源八は鑿を取り落とし、手首の苦痛に全身を硬直させた。

数人の子分が寄ってたかって、源八をその場に引き倒した。そのあと、みんなで取り囲み、てんでに蹴《け》りつけ、踏みつける。

「この野郎め」

どす、どす、と鈍い音がする。

「うわー、やめてくれ」

源八は両手で頭を覆い、身体を海老《えび》のように丸め、周囲から繰りだされる蹴りをどうにか避けようとしていた。

「おい、もう、そのへんにしておけ。死なれてはまずいからな」

ようやく、辰治が子分をとどめた。

火打ち石を撃ち、いくつかの提灯に灯がともる。

提灯の明かりで照らされた源八は、地面にぐったりと横たわっていた。顔は血と泥で汚れ、着物は泥だらけである。まるで、ぼろ雑巾《ぞうきん》のようになっていた。

そばで、地面に腰を落としたままの喜助は首をさすりながら、荒い息をしている。

「先生の弟子は勇敢《ゆうかん》ですな」

そう言いながら、悠然《ゆうぜん》と姿を現わしたのは、同心の鈴木順之助である。

鈴木が助太郎に声をかけた。

「そのほうの働き、見事だったぞ」

「はい、相撲は自信がありますから」

助太郎は武士に誉《ほ》められ、いかにも嬉しそうである。

伊織は苦言を呈《てい》そうと思っていたのだが、もうなにも言えなくなった。これをきっかけに、助太郎の剣術熱が再発するのも、やや心配だった。

「先生、ご苦労でしたな。こうして解決したのも、背後にいる張本人は大工ではないかと、先生が見抜いたおかげです。

もう、あとは我々でやりますので」

鈴木が軽く頭をさげた。

伊織も一礼する。

「はい、では、後日」

助太郎が提灯の蠟燭に火をともした。

ふたり連れだって、夜道を歩く。

急に疑問が湧いてきたのか、助太郎が言った。

「源八は鑿を持っていましたよね」

「うむ、そなたも危ないところだったぞ」

「なぜ、鑿を使わず、紐で喜助さんの首を絞めたのでしょうか」

「三年前、番頭の甚五兵衛どのを丸鑿で殺したとき、返り血を浴びたはず。源八は返り血に懲《こ》りたのだろう。

とくに、いまは茶屋の主人だけに、着物に血がついていたら、変に思われるからな」

伊織は、源八が三年前の犯行から、ちゃんと学んでいたのだと思った。

しかし、おかげで喜助は怪我もなかった。最初から源八が鑿を振るっていたら、喜助は最悪の場合、死んでいたかもしれなかった。

八

岡っ引の辰治がやってきたとき、助太郎はちょうど手習いの途中だったが、期待に目を輝かせ、早くも筆を置いてしまっている。

沢村伊織も、助太郎の先日の活躍を見ているだけに、辰治の報告を聞かせないわけにはいかない。

どっかと座った辰治に、伊織が、

「親分、酒はどうだ。助太郎の親父どのが届けてくれたのだがね」

と言い、台所に置いてある角樽《つのだる》を示した。

越後屋太郎右衛門は、倅の助太郎が伊織の供をしてあちこち出歩いているのを、まさに師の薫陶《くんとう》を受けていると思っているようだった。

助太郎がこのところ生き生きしているのを見ると、父親として、息子を伊織にあずけたのは正解だったと喜んでいるのかもしれない。

伊織としては角樽を受け取るのは、やや面映《おもは》ゆいものがあるが、辰治はまったく屈託《くったく》がない。

「ほう、では、遠慮なくいただきましょう」

下女のお末が、さっそく酒の支度をする。

辰治は出された茶碗の酒で喉《のど》を潤《うるお》すと、語りはじめた。

「源八の野郎、観念してすべて白状しましたよ。まあ、順を追って話しやしょう。

そもそもの発端《ほったん》は、出島屋の番頭の甚五兵衛が、内心で恨みをいだいていたことでした。甚五兵衛はかねてから、主人である民右衛門さんの娘のお紺さんに、執心《しゅうしん》していたのです。

民右衛門さんには倅がいるので、出島屋を継ぐのは倅です。しかし、甚五兵衛は、自分とお紺さんが夫婦になり、暖簾分けで、別な店を出させてもらうことを考えていたのでしょう。

ところが、お紺さんの婿《むこ》に、番頭の自分ではなく、手代の清吉が選ばれたことを知りました。甚五兵衛は民右衛門さんを恨み、また清吉への怒りを募らせました。もちろん、そんな恨みや怒りは噯《おくび》にも出しませんでしたがね。

なにせ、甚五兵衛は番頭でしたから、もうしばらく辛抱《しんぼう》すれば、暖簾分けしてもらえるはずだったのです。

そんな甚五兵衛の心のうちを見抜いたのが、源八です。出島屋の普請で通ううち、源八は甚五兵衛と親しく話すようになったのです。甚五兵衛としては店の者でないだけに、話しやすかったのかもしれません。つい、憤懣《ふんまん》をぶちまけたのでしょうな。

そんな甚五兵衛に、源八がほのめかし、誘ったのです。

ただし、源八は、甚五兵衛のほうから持ちかけてきたと言っていました。さあ、どうでしょうな。源八があおり、たぶらかしたのが真相でしょう。

ふたりで計画を練りあげました。

金杉村に住む旗本の隠居から、近く六百五十両が支払われる。それを奪い、罪を清吉になすりつけよう。金は甚五兵衛と源八で折半《せっぱん》というものでした。甚五兵衛としては、一石二鳥だったでしょうな。恨みを晴らし、かつ大金を得るのですから。

場所を選んだのは、源八です。大工だけに、材木屋には出入りするので、佐久間町のあたりはくわしかったはず。火事で空き地になっている場所を知っていたのです。

ふたりが練りあげた計画はこうでした——。

甚五兵衛と清吉のふたりで、金杉村に金を受け取りにいく。帰途、道でばったり源八に出会う。物騒なので、一緒に行こうと源八が提案し、受け入れる。

かねて予定していた場所に誘いこみ、源八が金槌で清吉を殴り殺す。

穴を掘って清吉を埋め、そのあと、源八が甚五兵衛の額や頭を刃物で傷つけ、盛大に血を流させる。そして、甚五兵衛は気を失ったふりをして、清吉を埋めた穴の上に倒れている。金は源八が持ち去る。

しばらくして、甚五兵衛は発見され、大騒ぎになる。

結果、清吉が甚五兵衛を殴って気絶させ、金を奪って逃げたと判断されるに違いない。

懸命な捜索がおこなわれるが、清吉の行方は知れない。

——と、こういう計画でした。

源八は当初、甚五兵衛を殺すつもりはなかったのです。

もし、清吉と甚五兵衛をふたりとも殺し、金を奪って逃げれば、当然、出島屋に出入りの者が調べられます。とくに源八は普請でこのところ出島屋に通っていたので、内情も知っているはず。まず源八に疑いがかかりますからな。だから、甚五兵衛を殺すはずがない。

それがわかっているので、甚五兵衛も不安はなかったのでしょう。確実に清吉に罪を着せる方法として、あえて自分が怪我をするのを承諾したのです。

ところが、当日になって、予定が狂いました。

主人の民右衛門が、

『なにせ、大金だ。ふたりでは心もとない。三人で行きなさい』

として、丁稚の喜助に同行を命じたのです。

甚五兵衛はこの予定の狂いに、気が気ではなかったでしょうな。

途中で待ち受けていた源八も、予定外の喜助がいることに戸惑ったはずです。

しかし、源八はとっさに考えを変え、喜助を利用することにしました。たかが丁稚なので、脅せば簡単だと思ったのでしょう。また、計画を変更すれば、六百五十両は折半ではなく、ひとり占めできますからな。

甚五兵衛は内心、計画は中止すべきだと思ったでしょうね。目配せで、源八に合図したかもしれません。

ところが、源八は気づかぬふりをして、予定どおり、清吉を金槌で殴り殺してしまいました。

もう甚五兵衛は混乱して、まともに考えることはできない状態だったでしょう。源八に言われるまま、とにかく必死で清吉の死体を埋めました。

そして、甚五兵衛がかがんでいるところを、源八が額や頭を切るために用意していた丸鑿で、後頭部を突きました。

甚五兵衛は、あえなく死んだというわけです。

あとは、源八は当初の役割を替え、怪我をした甚五兵衛の代わりを、喜助に押しつけたのです。

これで清吉は、「甚五兵衛に怪我をさせ、金を盗んで逃亡」から、「甚五兵衛を殺し、喜助に怪我をさせ、金を盗んで逃亡」という極悪人になりました。

どっちにせよ、清吉が追われるので、源八に疑いはかかりません。

その後、源八は吉原の遊女を身請《みう》けして女房にし、色茶屋の主人におさまったわけです。

源八は、とんでもねえ悪党でしたな。

すでに小伝馬町《こでんまちょう》の牢《ろう》屋敷に送られました。近いうち、獄門でしょう。塩町の茶屋は取り潰しになりましたよ」

辰治の話を聞き終え、伊織が述べる。

「源八が厳罰に処されるのは因果応報《いんがおうほう》として、清吉どのの無罪が証明されたのがなによりです。もちろん、奪われた命は戻りませんが。

それと、喜助はどうなりましたか」

「そこですよ。鈴木の旦那も、喜助には同情していましてね。なまじ奉行所で裁きを受けさせれば、罪に問われるかもしれないと案じたのでしょう。そこで、

『おい、辰治、てめえの不手際《ふてぎわ》で喜助を逃がしてしまったことにしろ。拙者がてめえを怒鳴りつけて、それで終わりにしよう』

というわけでさ」

伊織も思わず笑った。

鈴木順之助は人情の機微《きび》に通じていると言えよう。やはり、年季を積んだ同心だった。

「わっしがひそかに喜助を放免《ほうめん》しようとしていると、出島屋の主人の民右衛門さんが願い出てきましてね。

『喜助には、これまでつらい思いをさせてしまいました。もとはといえば、主人であるあたくしの責任でございます。どうか、喜助の身柄を引き取らせてください』

というわけです。鈴木の旦那も喜んで、喜助を引き渡しましたよ」

「ほう、それはよかった」

伊織はこれで、喜助も罪人にならずに済んだと思った。

辰治は遠慮なく、ぐびぐび酒を呑《の》んでいる。このぶんだと、角樽をひとりで飲み干してしまいそうだった。

九

出島屋民右衛門が訪ねてきたのは、岡っ引の辰治が報告にきてから数日後の、またもや助太郎の手習いの最中だった。

民右衛門の出現に、助太郎はそわそわしていた。もう、手習いどころではないらしい。

土間に立った民右衛門は、沢村伊織に挨拶をしたあと、背後を振り返る。

「おい、入りなさい」

うながされ、外にいた若い男が土間に入ってきて、民右衛門のやや斜め後ろに立った。恥ずかしそうに、うつむき加減にしている。

民右衛門が笑《え》みを含んで言った。

「先生、この者がわかりますか」

「いえ、ちとわかりかねますが」

「喜助でございます」

「ああ、あのときの」

わからないのも無理はなかった。

夜の河岸場にへたりこみ、源八に絞められた首をさすっている姿を見ただけである。直接話をしたわけでもなかった。

いま、頭は、月代《さかやき》をきれいに剃《そ》りあげている。縞木綿《しまもめん》の袷《あわせ》を着て、小倉《こくら》の帯を締め、足元は紺足袋に下駄だった。

「喜助の真意を尋ねたところ、またご奉公をしたいと言うものですから。それではというので、あらためて雇ったのです。いまは、出島屋の手代でございます」

「おや、そうでしたか。それは、よかった。どうぞ、おあがりください」

「おい、出しなさい」

主人に命じられ、喜助が細長い包みを上框《あがりかまち》に置いた。長さは六寸（約一八センチ）ほど、厚さと幅は一寸（約三センチ）ほどである。

伊織はその形状から、羊羹《ようかん》であろうと察した。

「練《ねり》羊羹でございます。お口に合いますかどうか」

「これは高価な物をいただき、恐縮です」

「とんでもございません。先生は長崎にいらしたと聞いておりますので、そんなお方に羊羹など、お恥ずかしいしだいですが」

「長崎にいたのはたしかですが、私も長崎で羊羹を口にしたことは一度もありませんでした」

室内に笑いが起こる。

じつは、伊織は子どものころから、羊羹は食べ慣れていた。

というのも、父の沢村碩庵《せきあん》は漢方医で、江戸城の大奥《おおおく》に往診する奥医師も務めていた。そのため、大奥で羊羹などの高級な菓子を拝領し、家に持ち帰ることが多かったのだ。

しかし、長崎遊学中に羊羹を口にしたことがないというのは本当である。

「では、遠慮なく」

民右衛門が土間に下駄を脱ぎ、室内にあがってくる。

喜助は遠慮して部屋にはあがらず、上框に腰をおろす。

腰をおろしながら、助太郎がいるのに気づき、

「先日は、助けていただき、ありがとう存じました」

と、丁重に頭をさげた。

助太郎は、四歳年長の喜助から丁重な礼を述べられ、

「いえ、あれぐらい、なんでもありませんよ」

と、しきりに照れている。

民右衛門が伊織の前に座った。

「先日、辰治親分から話していただき、すべて腑《ふ》に落ちました。そのとき、今回の解決に先生のお知恵があったことを知りましてね。ぜひとも、お礼だけは申し述べたいと存じまして、まかり越したしだいです」

「そうでしたか。それにしても、殺された手代の清吉どのは気の毒でしたね。気の毒としか言いようがないのですが」

「その清吉と、かかわりがあるのですが。

あるお旗本のご隠居が、金杉村に隠居所をもうけてお住まいです。そのご隠居に、櫓時計を六百五十両でお買いあげいただいたのですがね。まあ、これが事件のきっかけだったのですが。

お名前は申しあげられませんが、そのご隠居はかつて要職にあったとき、公方《くぼう》さまの信任を得ていたこともあり、賄賂《わいろ》を受け取るので有名でしてね。有名というより、悪名高かったと言ったほうがよいでしょうかね」

公方さまとは、十一代将軍家斉《いえなり》のことである。

家斉の側近《そっきん》の立場を利用して、賄賂で肥え太っている旗本の噂は、伊織も耳にしたことがあった。

その旗本が、金杉村の隠居であろうか。もちろん、伊織は黙っていた。

「世間ではとかく悪評のあったお方ですが、あたくしども出島屋にとってはお得意でした。しかも、ご隠居さまは清吉に目をかけてくれましてね。櫓時計が売れたのも、清吉がいたおかげでもあったのです。

先日、あたくしは、ご隠居さまに金杉村に呼びだされましてね。

さっそく、うかがったところ、すでに清吉の骨が発見されたことをご存じでした。こう、おっしゃいましてね。

『民右衛門、わしは自分が恥ずかしくてのう。

というのも、清吉が番頭を殺して金を奪い、逃げたという噂を耳にしたとき、わしは裏切られたと、がっかりした。自分に人を見る目がなかったと、つくづく思ったものだった。

つまり、清吉を信じてやれなかった。これはなにかの間違いだとは、露《つゆ》ほども思わなかったからな。人は見かけによらぬとはこのことだと、清吉を唾棄《だき》したい気分だった

ところが、清吉は殺されていたと言うではないか。清吉には一点の非もなかった。

わしは、清吉を信じてやれなかった自分が、いまさらながらに恥ずかしくてのう』

『それは、あたくしも同じでございます。ご隠居さまがご自分を責めることはございません』

『そなたに、そう言ってもらえると、少しは救われた気になる。

そこで、相談だが、あの櫓時計を、三百両で引き取ってくれぬか』

『え、なにか不具合がございましたか』

『いや、不具合はまったくない。三百両で引き取れば、出島屋はそれ以上で売ることができるか』

『はい、もちろん、三百両よりははるかに高額で売ることができます』

『よし、では三百両で引き取ってくれ。もうけは、できれば清吉の追善《ついぜん》のために使ってくれぬか。これが、せめて、わしが清吉のためにできることでな』

ということだったのです。

あたくしは、ご隠居さまのお言葉に、涙が出そうでした」

「ほう、世間の噂はともかく、ひとかどの人物なのはたしかですな」

「そんなことで、あたくしどもで櫓時計を引き取りました。まだ売れてはいませんが、いくつか引き合いがあり、おそらく五百両前後で売れるでしょう。

もうけは、ご隠居さまのご意向でもあるので、清吉のために使いたいのです」

民右衛門の話が一段落する。

伊織は静かな感動を覚えた。しかし同時に、民右衛門がなぜそんな相談を自分にするのかという疑問も生じる。なにせ、伊織は生きているときの清吉を知らないのである。

民右衛門が話を再開したが、

「原宿村に行ってまいりました」

と言ったきり、しばらく無言である。

湧きあがる感情の波を、ととのえているらしい。

伊織も、

「清吉どのの親が住む村ですね」

と言っただけで、相手の言葉を待った。

「倅が極悪人だという噂が広がり、ずいぶん、つらい思いをしたようです。母親はすでに亡くなっておりました。心労が原因でしょうね。

父親も、三年前に会ったときにくらべると、ずいぶん老けこんでおりました。まるで十年くらい経ったかのようでした。これも、心労でしょうね。

あたくしは、清吉が死んでいたこと、無罪だったこと、そして真の悪人が召し捕られたことを告げ、また過日の非礼の詫びをしたのです。

父親は、

『旦那さま、もう、ええです。倅が罪人でなかったとわかっただけで、もう、ええです。

旦那さまにちゃんと葬《ほうむ》ってもらい、倅もきっと喜んでおります』

と、おいおい泣いておりました。

これ以上は、やめましょう。あたくしも、涙が出てきますから。

その後、あたくしは村の名主《なぬし》を訪ね、挨拶をしたのです」

聞きながら、伊織は民右衛門の心配りに感心した。やはり、大店の主人ならではの知恵であろう。

「名主によると、やはり清吉の親兄弟は、『極悪人の家』などと陰口を叩かれ、まともに表を歩けない時期もあったようですな。あたくしは、村人の誤解を解くよう、くれぐれも頼みました。

しばらく話をしているうち、名主が、清吉の十六歳になる妹が身売りをしたと述べたのです。あたくしも驚きました。そんなことは、清吉の父親はひとことも言いませんでしたからね。

名主の話によりますと、清吉の行方を追う役人が村に来て以来、村人はみな、一家を避けるようになったそうでしてね。名主も心を痛めていたと言っていましたな。

清吉の妹のお松《まつ》は嫁入り先が決まっていたのですが、極悪人の兄がいるような女は嫁にふさわしくないといって、先方が断ってきたのです。その後、母親が病気になり、薬代などがかさみ、借金ができたのでしょうな。

去年、お松は村にやってきた女衒《ぜげん》に買い取られたというのです。売られた先は、根津の女郎屋だとか」

「そうでしたか、かわいそうに」

伊織の胸に悲哀が広がる。

同時に、不思議な暗合《あんごう》に驚いた。岡場所の根津といえば、つい最近、西田屋という女郎屋とかかわったばかりだった。

あの根津のどこかの女郎屋で、清吉の妹が遊女をしていることになろう。

「お松という娘が不憫でしてね。そのとき、あたくしは、はっと気づきました。

金杉村のご隠居のおかげで、近く手にするであろう大金です。これを、清吉の妹のために使えば、それこそ清吉の供養《くよう》になるのではあるまいか。立派な墓を建てるよりも、妹を救いだすほうが、清吉はきっと喜んでくれるに違いない。また、ご隠居も納得してくれるはずです」

「お松を身請《みう》けするということですか」

「はい、お松はいま、十七歳のはずです。身請けをして自由にし、親元に帰りたいと言えば、帰してやります。もし、将来を約束した相手がいれば、及ばずながら、あたくしが世話をして、所帯を持たせてやりたいと思うのです」

「なるほど、清吉どのの追善のためとあれば、もっともよい金の使い方だと思いますぞ。

それで、売られた先の女郎屋はわかっているのですか」

「いえ、わかりません」

「では、原宿村に来た女衒の名は」

「たしか、又蔵とか」

伊織は内心、えっと叫んだ。

なんと、根津宮永町の仕舞屋《しもたや》で殺されていた男ではないか。

これもまた、不思議な偶然である。

だが、身請けをするには障害《しょうがい》となろう。

すでに、女衒の又蔵は死んでいる。また、お松も遊女としての名は変えているであろう。さらに、遊女は経歴を偽《いつわ》り、あるいは出身をごまかすことも多い。

お松の身請けをするといっても、そもそも本人がどこにいるのかがわからない状況だった。かなりの困難が予想される。

「あたくしも根津の女郎屋には縁がありません。また、ああいう場所は、性悪《しょうわる》な者も多いと聞きます。あたくしのような唐物屋の主人がのこのこ出かけていっても、いいようにあしらわれてしまうでしょう。

そこで、辰治親分にお願いしたのです。

ところが、親分が言うには、

『そりゃ、駄目です。わっしのような者が岡場所で人捜しをすれば、捕り物がらみと誤解され、かえって連中は口をつぐんでしまいます。そんなわけで、わっしが出ていけば、かえってこじれて、わかるものも、わからなくなります。

そうですな。

では、先生に頼んでみてはどうですか。

じつは、わっしと先生は、ちょいと根津には縁がありましてね。先生は医者だから、さほど警戒されないでしょう』

と、いうことなのです。

「先生、お願いできないでしょうか」

伊織は、辰治にうまく面倒事を押しつけられた気分だった。ちょっと、苦々《にがにが》しい。

しかし、考えてみると、捕り物がらみでないかぎり、岡っ引が岡場所では動きにくいというのは本音《ほんね》であろう。

また、本人が言うように、民右衛門が根津で尋ねまわっても、おそらく相手にされまい。いいようにあしらわれるのが、落ちであろう。

伊織は、西田屋の主人の徳兵衛を思いだした。徳兵衛には、いわば恩を売っている。また、徳兵衛が伊織の身分を誤解しているのも、好都合だった。伊織の依頼であれば、すげなく断ることはあるまい。

「わかりました。ただし、遊女の身請けには大金がかかるのはご承知ですね」

伊織が念を押す。

しばらく吉原で開業していた経験から、遊女の身請けには数百両かかると聞いていた。岡場所の遊女の身請けは、吉原ほどではないにしても、やはり百両近くかかるのではあるまいか。

民右衛門がきっぱりと言った。

「さきほど申しあげた、櫓時計の転売で得た金を充《あ》てます。百両前後は覚悟しております」

「わかりました。では明日、一緒に根津に行きましょう。

そなたは、供をしなくてもよいからな」

伊織は助太郎に釘《くぎ》を刺した。

このところ、助太郎を連れまわしたことを、伊織も気に病《や》んでいたのだ。

ほとんど毎日のように通ってきているわりには、助太郎の手習いの進歩は、めざましいとはとても言えない。

いまの状態では、父親の太郎右衛門に合わせる顔がなかった。

また、先日の夜、河岸場で危険な目に遭《あ》わせたことも、伊織は反省していた。

しかし、供をせずとよいと告げられ、助太郎の表情には落胆の色が濃い。

十

根津宮永町は相変わらずのにぎわいだった。

通りを歩きながら、沢村伊織は奥に入っていく新道に気づいた。

（あの新道の奥の仕舞屋で、女衒の又蔵が死んでいたのだったな）

又蔵が、清吉の妹のお松を根津に連れてきていたのだ。

不思議な縁《えにし》と言えよう。

西田屋の主人の徳兵衛によると、女衒としての又蔵の眼力には定評があったという。ということは、お松もなかなかの美人なのであろうか。

「やはり、松枝町とは雰囲気が違いますな」

出島屋民右衛門があたりを見まわしながら言った。

あとから、供の喜助がついてくる。

伊織が一軒の茶屋を示した。

「あそこで、しばらく待っていてくれませぬか。西田屋へは、私ひとりのほうがよいでしょう」

「かしこまりました」

民右衛門と喜助が、茶屋の床几に腰をおろす。

伊織はそのまま門前町へ歩き、西田屋の前に立った。

暖簾を確認したあと、土間に足を踏み入れる。

すぐに、若い者が寄ってきた。

「おや、先生」

先日、徳兵衛の供をしていた男だった。

「へへ、今日は、お遊びですか」

「すまぬ、あいにく、遊びではない。徳兵衛どのにお目にかかりたい」

すぐに、主人の居場所である「お部屋」に通される。

徳兵衛は長火鉢《ながひばち》を前にして、相変わらずどてらを羽織っていた。長火鉢に置かれた鉄瓶《てつびん》は、白い湯気をあげている。

「おや、先生、先日はお世話になりました」

丁重に頭をさげながらも、徳兵衛の目には警戒の色があった。いまさら、なんだという気分なのかもしれない。

「じつは、お手前の力を借りたいことがありましてね」

伊織は簡単に、事件のことを述べた。

徳兵衛も、おおよそのことは噂で聞き知っていたようで、

「ああ、六百五十両が奪われた事件ですな。六百五十両ですからな」

と、金額を繰り返す。

自分が奪われた八十四両と、つい比較してしまうのかもしれない。

「そんなわけで、去年、女衒の又蔵どのが原宿村から連れてきた、お松という娘を捜しているのです」

「そうでしたか。あたしどもには、いませんね」

「ほかの店を一軒、一軒訪ねても、教えてくれるとは思えません。なにか、いい方法はないでしょうか」

「もちろん、先生が訪ねていっても、教えるはずはありません」

徳兵衛は腕組みをする。

考えているようでもあり、計算をしているようでもあった。

ややあって、大きくうなずく。

「わかりました。ひと肌《はだ》脱ぎましょう。先生には、お世話になっておりますからな」

徳兵衛は「お世話になった」を繰り返したが、それはとりもなおさず「これでもう、貸し借りなしですぞ」と念を押しているかのようでもあった。

続いて、徳兵衛は若い者ふたりをお部屋に呼びつけ、指示を出す。

若い者は、

「へい、では、ひとっ走りしてまいりやす」

と、店の外に飛びだしていった。

「ふたりで手分けして、すべての店に問いあわせます。あたしからの問いあわせと言えば、どの店も正直に答えるはずです。じきに、知れますよ」

徳兵衛は自信たっぷりに言った。

伊織は、岡っ引・辰治の子分の半六が、根津には二十軒以上の女郎屋があると説明していたのを思いだした。

たとえ二十軒以上あっても、ふたりでまわれば、それこそ「じき」であろう。


はたして、じきに知れた。

戻ってきた若い者のひとりが告げる。

「わかりやしたよ。山村屋《やまむらや》に、小夏《こなつ》という女がいます。去年、女衒の又蔵さんが原宿村から仕入れてきたそうでしてね。村にいたときの名は、松、今年十七歳。間違いありませんよ」

徳兵衛が付け加えた。

「山村屋の主人は角兵衛《かくべえ》といいます。あたしの名を出してもらってもかまいませんぞ。そうすれば、さほど因業《いんごう》なことも言いますまい」

伊織は山村屋の場所を教えてもらったあと、徳兵衛に礼を述べ、西田屋を辞去《じきょ》した。

茶屋に戻り、判明したことを告げると、伊織はそのまま帰るつもりだった。ところが、民右衛門はいかにも不安そうである。

「先生、できれば、ご一緒願えませんでしょうか」

そのすがるような目を見ると、伊織もきっぱりとは断りにくかった。

それに、吉原の遊女は多数見ていたが、伊織も岡場所の遊女は知らない。

その点で、興味がないわけではなかった。また、清吉の妹がどんな女なのか、見てみたい気もする。

「では、交渉がまとまるまで、ということで」

「はい、ありがとうございます」

民右衛門は、ほっとしている。

場数を踏んだ商人でも、やはり遊女の身請けとなると初めてであり、民右衛門も自信がないようだった。

＊

門前町の通りは途中で鈎《かぎ》の手に曲《ま》がり、根津権現の楼門にいたる。

山村屋は、その鈎の手に曲がるやや手前にあった。

二階建てだが、規模は西田屋にくらべると、ひとまわり小さかった。

喜助を外に待たせ、伊織と民右衛門が店に向かう。

暖簾をくぐって土間に足を踏み入れると、規模が小さいだけで、女郎屋としての基本的な造りは、西田屋とほぼ同じである。右手に陰見世があり、数人の遊女が屏風《びょうぶ》を背景に、座っていた。

主人の角兵衛に面会を求め、お部屋に案内される。

角兵衛は四十代のなかばくらいだろうか。色白で、身体に不釣り合いに顔が大きかった。

伊織と民右衛門が挨拶し、用件を述べる。

聞き終えた角兵衛が言った。

「さきほど、西田屋の若い者が、山村屋で抱えている女について問いあわせにきましたが、この件だったのですか。

ところで、西田屋の徳兵衛さんとのかかわりは」

「私が徳兵衛どのを見知っていたもので、頼んだのです。こころよく引き受けてくれましてね」

「あなたは、お医者ですよね。ほう、徳兵衛さんが頼りにするくらいですか」

角兵衛は語尾《ごび》を濁《にご》したが、徳兵衛が往診を頼むくらいだから名医と言いたかったのであろう。伊織には好都合な誤解をしたようだ。

「これもなにかの縁。その節は、お願いします。

ところで、あたしどもの小夏になにか、ご用ですか」

伊織が民右衛門を見て、話すようにうながす。

民右衛門が恐るおそる切りだした。

「小夏を身請けしたいのです。評判を小耳にはさんだものですから」

「ほう、小夏を身請けですか」

角兵衛が民右衛門を、じっと見つめる。

大店の好色な主人がたまたま小夏を見かけて一目惚《ひとめぼ》れし、妾《めかけ》にしたいと考えた、と想像しているのかもしれない。

「小夏は売れっ子でしてね。まだ、年季もかなり残っています。これからも、山村屋のために稼いでもらわねばなりませんからね。もし身請けとなると、そのぶんの補償をしていただかねばなりません」

角兵衛が、いかに山村屋にとって小夏が大事な存在かを強調した。

もう、駆け引きがはじまっている。

民右衛門は臆《おく》することもなく、平然と答える。

「それは承知しております。しかし、相場というものがありますからな。いかほどをお望みですか」

そばで聞きながら、伊織は驚いた。

金額が話題になった途端、民右衛門は俄然、自信をみなぎらせ、交渉をはじめたのである。やはり、したたかな商人だった。

角兵衛が吹っかけ、民右衛門が値切る。

おたがい、譲《ゆず》らない。それでいて、根負けしたように、ちょっと譲歩する。

丁々発止《ちょうちょうはっし》のやり取りの末、

「わかりました。では、七十両で手を打ちましょう」

と、角兵衛が言った。

その表情には満足がある。七十両は、角兵衛にとっては期待以上の金額らしい。

「よろしいでしょう。では、七十両で」

一方の民右衛門にしてみれば、当初は百両を覚悟していたのだから、やはり満足のいく妥結《だけつ》であろう。

「では、明日、全額を持参します。引き換えに、小夏の身柄を引き取ります。それと、もう身請けが決まったのですから、今日から小夏には客を取らせないでいただきたい」

「承知しました」

「もうひとつ、少しばかり小夏と話をさせていただけますか。できれば、別室がいいのですが」

「わかりました。二階の宴席用の座敷をお使いください。いまは、空いておりますから」

座敷に入ってきたお松が、

「小夏でございます」

と言いながら、伊織と民右衛門の前に座った。

小紋の小袖を着て、艶《つや》の失せた緞子《どんす》の帯を締めていた。十七歳とは思えない濃厚な色気をただよわせている。およそ一年間の女郎屋暮らしが、百姓の娘を岡場所の遊女に変貌《へんぼう》させたと言えよう。

緊張で表情がやや強張《こわば》っているものの、美しい顔立ちだった。

お松を見ながら、伊織は清吉の容貌を想像した。きっと、端正《たんせい》な顔立ちだったに違いない。

民右衛門が、お松をまぶしそうに見ながら、口を開く。

「あたくしが、おまえさんを身請けしました。くわしいことはあとで話しますが、いまは手短に述べます。

おまえさんは原宿村の生まれで、もとの名は松。出島屋で奉公していた清吉の妹だね」

「あい」

その返事はかすれていた。

顔は真っ青で、目には恐怖すらある。

お松の動揺を見ながら、伊織は胸が痛んだ。

原宿村にいたころ、つらい立場に置かれていたのがわかる。また、根津に来てからは、兄のことは秘密にしていたのであろう。今日になり、ついに秘密が暴露《ばくろ》されることへの動揺だろうか。

「清吉の骨が見つかりました。清吉は殺されていたのです。つまり、清吉は人を殺したのではなく、逆に殺されていたのです。清吉は無実です。清吉を殺した悪人は召し捕られました。

あたくしは、清吉が奉公していた出島屋の主人で、民右衛門と申します」

民右衛門が頭をさげた。

まるで意味がわからないかのように、ぽかんとしていたお松が、突然、両手で顔を覆った。

「兄さん、恨んでしまって、すまなかったね、兄さん」

絞りだすような声だった。

肩を震わせながら、さめざめと泣く。指のあいだからあふれた涙が、膝《ひざ》にぽたりと落ちた。

相手が落ちつくのを辛抱強く待ったあと、民右衛門が言った。

「明日、迎えにきます。しかし、あたくしは、おまえさんを囲者《かこいもの》などにするつもりはありません。そこは、わかってくだされ。

よろしいですね。

明日からは、おまえさんは自由の身ということです。原宿村に戻りたければ、そうさせてあげます。好きな男と一緒になりたいのであれば、それもいいでしょう。

主人の角兵衛さんに頼んだので、もう、おまえさんには、客を取る勤めはありません。明日、あたくしが迎えにくるまで、自分がこれからどうしたいか、ひとりでじっくり考えてください。おまえさんの人生だからね。

おまえさんの望みどおりにしてあげます。

あたくしとしては、清吉へのせめてもの供養のつもりなのです。

わかりますね」

「あい」

泣きじゃくりながら、お松が返事をする。

民右衛門が、ちらと伊織を見た。その視線には、「これで、よいだろうか」という問いがある。

伊織は民右衛門の視線に、うなずき返した。

十一

急に求められた往診を終え、沢村伊織が戻ってくると、家の中からにぎやかな話し声が聞こえてくる。

聞き慣れない声に、助太郎の声も混じっていた。伊織があたえた課題の手習いはどこへやら、助太郎も談笑の輪に加わっているようだ。

「あら、先生、お帰りなさい。お客さんがお待ちですよ」

下女のお末が迎える。

見ると、知らない若い男女が座っていた。

ふたりは、伊織に向かって丁寧《ていねい》に頭をさげる。

「先生には、いろいろとお世話になりました」

「どなたでしたかな」

「松でございます。先日お会いしたときは、小夏と名乗っておりました」

「ああ、あのときの。見違えましたぞ」

伊織は驚いた。

見違えたのも無理はあるまい。お松は髪を丸髷《まるまげ》に結い、濃い化粧もしていない。いつの間にか、若々しい素人《しろうと》の女に変身していた。

百姓の娘がいったん遊女になって磨《みが》かれ、今度は素人の女に戻ることで淫蕩《いんとう》さが剝《は》がれ落ち、清楚《せいそ》な色気をただよわせる十七歳になったかのようである。

お松が恥ずかしそうに、隣の男を紹介する。

「亭主でございます」

「へい、大工の甚七《じんしち》でごぜえす。女房がお世話になったと聞きました」

二十代前半だろうか。茶弁慶《ちゃべんけい》の袷に、萌黄《もえぎ》の帯を締めていた。顔が日焼けしているのは、職業柄であろう。

それまであぐらをかいていたのが、甚七は伊織の姿を見るや、あわてて正座をした。しかし、正座に慣れていないのか、落ちつかないようだ。

「ほう、所帯を持ったのか。それはめでたい」

伊織は祝福しながら、甚七は小夏の馴染《なじ》み客だったのかもしれないと思った。年季が明けたら夫婦になろう、と約束していたのだろう。

本来なら、年季明けまで何年も待たねばならない。ところが、出島屋民右衛門の出現で、思いがけなく小夏はお松に戻ることができたのだ。

遊女の境遇《きょうぐう》を苦界《くがい》と言うように、いったん遊女になると、その後の人生は過酷《かこく》である。お松は僥倖《ぎょうこう》を得たと言ってよかろう。

「いえね、甚七さんの商売が大工と聞いたものですから、あっしがお松さんに、大工の女房の心得を言って聞かせていたところなんですよ」

下男の虎吉が言った。

お末がすぐにやり返す。

「あたしは、大工の女房は苦労が多いよと、言って聞かせていたところなんですよ」

お松と甚七は顔を見あわせ、笑っている。

これで伊織も、話が弾んでいたわけがわかった。甚七と虎吉のあいだで、大工談義が盛りあがっていたのであろう。

それにしても、清吉は大工の源八に殺された。清吉の妹のお松は、大工の甚七と結ばれる。

不思議なめぐりあわせと言えよう。

幸せそうなふたりを見ながら、伊織はふと気づいた。

この家に、つい先日は按摩の苫市とお熊、そして今日は、お松と甚七という、ふた組の夫婦が挨拶に来たことになる。

そのとき、伊織の脳裏にお園の姿が浮かんだ。

(どうしているだろうか)

せつないほどの感情がこみあげてくる。

その後の様子が気になって診察に来たと言えば、お園に会う立派な口実になる。きっと、先日の悲観などどこ吹く風で、お園は屈託のない笑顔を見せるに違いない。それとも、とんでもない、だがどこか滑稽《こっけい》なわがままを言いだすだろうか。

お松と甚七が帰ったら、伊織はさっそく浅草花川戸町に後藤屋を訪ねようと思った。

コスミック・時代文庫

秘剣《ひけん》の名医《めいい》

六

蘭方検死医 沢村伊織

【著 者】
永井義男《ながいよしお》

【発行者】
佐藤広野

【発 行】
株式会社コスミック出版
〒154-0002 東京都世田谷区下馬 6-15-4
代表 TEL.03(5432)7081
営業 TEL.03(5432)7084
FAX.03(5432)7088
編集 TEL.03(5432)7086
FAX.03(5432)7090

【ホームページ】
https://www.cosmicpub.com/

【振替口座】
00110-8-611382

【印刷/製本】
中央精版印刷株式会社

ISBN978-4-7747-6196-1 C0193